NEXT LIFE
넥스트 라이프

다음 생(生)에 관한 어떤 이야기

넥스트 라이프

다음 생(生)에 관한 어떤 이야기

좋은땅

☞ 일러두기

1. 이 책은 질문과 답변 형식으로 쓰였습니다. 책의 성격상 다양한 질문이 가능하기에, 이에 대한 즉답 형식으로 궁금증을 풀어냄으로써 이해를 돕고자 하였습니다.
2. 문장은 한글과 영어를 혼용하여 표기하였으며, 이는 저자의 이해도에 따라 임의로 선택한 것입니다. 단어의 정확한 의미가 바로 와닿지 않을 경우, 사전(Dictionary, 事典)의 도움을 받으시길 권합니다.
3. 책에 실린 모든 이미지는 AI로 생성된 것이며, 실제 내용과 다소 차이가 있을 수 있습니다. 이미지는 내용 이해를 돕기 위해 게재한 것이므로, 참고용으로만 봐 주시기 바랍니다.
   (참고 AI 사이트: Google Gemini, Adobe Firefly, ChatGPT)
4. 이 책은 종교적인 편견이나 선입견을 갖고 읽지 말기를 바랍니다. 실제 내용상 종교적인 언급은 찾아보기 힘듭니다. 편한 마음으로 읽기를 바랍니다.

『넥스트 라이프(NEXT LIFE)』는 다음 생(生), 즉 사후 세계(死後世界)에 관한 이야기입니다.

그리고 이 책에 등장하는 '천년 왕국(The Millennium Kingdom)'은, 사후 세계가 펼쳐지는 무대입니다.

천년 왕국을 조금 더 쉽게 이해하기 위해, 개미를 비유로 들어 보겠습니다.

개미를 자세히 들여다보면, 어디론가 끊임없이 움직이며 바쁘게 살아가는 모습을 볼 수 있습니다. 무리 지어 먹이를 구하러 가거나, 먹이를 옮기느라 잠시도 쉬지 않고 바쁘게 움직이지요.

그렇게 바쁘게 살아가던 개미 A와 개미 B가 어느 날 잠시 쉬면서 대화를 나눕니다.

개미 A가 친구 B에게 말합니다.

"나는 다음 생에는 100년을 살 거야. 개미로 태어나든, 아니면 다른 존재로 태어나든, 지금처럼 일만 하지 않을 거야. 놀기도 하고 여행도 다니고, 취미와 운동도 즐길 거야. 여자 친구도 많이 사귀고."

이 말을 들은 개미 B는 깜짝 놀라 외칩니다.

"100년? 너 미쳤어! 허리가 끊어져라 일만 해도 우리의 수명이 고작 3년인데, 다음 생에 100년을 살겠다고? 게다가 일도 안 하고 여행과 운동, 취미 활동을 하고 연애까지 실컷 하겠다니…!"

개미 B는 이어서 말합니다.

"굼벵이 하품하는 소리 그만하고, 어서 먹잇감을 구하러 가자"며 길을 재촉하지요.

(참고로, 일개미의 수명은 약 3년, 여왕개미는 최대 20년 정도로 알려져 있습니다.)

그런데 세월이 흘러, 이 두 마리의 개미가 죽은 뒤 무엇이 되었을까요?

바로 인간으로 태어난 겁니다.

사람으로 태어난 개미 A는, 과거 자신의 예언(?)대로 약 100년의 인간 수명을 누린다고 가정하지요. 단순히 일만 하지 않고, 여행도 다니고, 취미와 운동을 즐기며, 연애도 하는 등 자신의 삶을 자유 의지대로 충만하게 살아갑니다. 즉 개미로 살던 전생(前生)의 예언이 적중한 셈이지요.

그렇다면 지금 인간으로서 '100년의 삶'을 누리고 있는 우리가, 수명이 다하면 어떻게 될까요?

바로 여기에서, 사후 세계에 대한 질문이 시작됩니다.

그리고 이러한 질문의 단초에서, '천년 왕국'의 세계가 열리게 된 것입니다.

『넥스트 라이프(NEXT LIFE)』에 등장하는 천년 왕국은 바로 다음 생에 관한 이야기입니다.

우리가 살아가는 현재 시점에서, 과연 다음 생이 있을지, 있다면 무엇으로 태어나 어떻게 살아갈지 아무것도 알 수 없는 상태에서 다음 생을 논한다는 것은 어쩌면 허무맹랑한 판타지(Fantasy)처럼 느껴질 수도 있습니다.

그럼에도 불구하고, 만약 다음 생에서 나에게 '천 년'이라는 시간이 주어진다고 상상해 본다면, 그리고 그 시간 동안 무엇을 하며 어떻게 살 것인지 자유롭게 구상할 수 있다면, 좀 더 진지하게 접근해 볼 수 있지 않을까요?

더 나아가, 내가 꿈꾸고 희망하는 대로의 천 년을 '주인'으로 살아갈 수 있는 '왕국'이 주어진다면 어떨까요?

『넥스트 라이프(NEXT LIFE)』는 바로 그런 상상을 현실로 펼쳐, 다음 생에서 자신만의 천년 왕국을 마음껏 누릴 수 있는 이야기를 담고 있습니다.

한글로 하면 '천년 왕국'입니다.

하지만 여기서 말하는 천년 왕국은, 과거 로마 제국이나 몽골 제국, 혹은 신라처럼 한때 역사를 지배했던 나라들을 의미하지 않습니다. 지금부터 이야기할 '천년 왕국'은 역사 속 어디에서도 존재하지 않았던 완전히 새로운 세계입니다.

그리고 이 왕국에 사는 사람들, 즉 모든 '왕국민'들이 천 년이라는 세월을 온전히 누리며 살아간다고 한다면, 지금 우리가 살고 있는 100년 안팎의 삶과 비교할 때 천 년이라는 시간은 그야말로 상상을 초월하는 경이로운 세월입니다.

그러나 이 이야기는 단순한 상상이 아닙니다. 지금부터 소개할 천년 왕국, 즉 TMK(The Millennium Kingdom)는 현실 속으로 다가올 수 있는 세계입니다. 신비롭고, 때로는 숨 막히도록 놀라운, 바로 그런 세계 말이지요.

그렇다면 과연, 그곳은 어떤 모습일까요? 사람들은 어떤 삶을 살아가고, 어떤 시간을 보내게 될까요?

지금부터 문답(Q&A) 방식을 통해, 「TMK 프로젝트」가 안내하는 천년 왕국으로의 서프라이즈 여행을 떠나 보시죠.

CONTENTS

Q-1 **'다음 세상에 도래할 수 있는 세계'라는 말에 주목하지 않을 수 없는데, 우선 천년 왕국 TMK의 자연환경에 대해 간략히 설명해 주시죠.**

지금 시대를 살아가는 독자들의 이해를 돕기 위해, 현대인이 생각하고 상상할 수 있는 범위 안에서 설명하는 것이 적절할 것입니다.

TMK는 우리가 현재 살고 있는 지구라는 행성을 토대로 형성된 세계이지만, 그 모습은 인간이 오래전부터 꿈꿔 온 이상향, 곧 낙원(樂園)에 가깝습니다. 자연환경과 지리적 여건은 인간이 살아가기에 최상의 균형을 이루고 있으며, 그 어느 한 부분도 과하거나 결핍되지 않은 조화로운 상태를 유지하지요.

TMK의 자연은 태초 창세기 시대를 연상시킬 만큼 순수합니다. 대기에는 오염 물질이 전혀 없고, 햇빛은 자극적이지 않으며, 물과 바람 또한 인위적인 변질 없이 원시 상태의 순도를 그대로 간직하고 있습니다. 이러한 완전한 자연조건 덕분에 이곳에서 살아가는 인간의 수명은 최대 1,000년에 이릅니다. 실제로 성경 기록을 살펴보면, 창세기에 등장하는 노아는 950세까지 살았고, 인류 역사상 가장 장수한 인물로 알려진 므두셀라는 무려 969세를 살았다고 전해집니다. 성서 과학자들에 따르면 아담에서 노아의 홍수 이전까지 당시 인류의 평균 수명은 약 912세에 달했다고 합니다. TMK의 환경은 바로 그러한 태초의 조건을 다시금 구현한 세계라 할 수 있습니다.

TMK의 대지는 비옥하고, 산과 바다, 강과 호수, 크고 작은 섬들이 유기적으로 연결되어 있습니다. 이곳의 자연은 인간의 삶을 방해하는 존재가 아니라, 오히려 삶을 지탱하고 풍요롭게 만드는 동반자로 작용합니다. 이 땅에서 재배되는 쌀, 밀, 콩, 옥수수 같은 주요 곡물과 각종 과일과 채소는 병충해나 결함 없이 자라나며, 그 영양 가치 또한 극대화되어 있습니다. 이러한 식재료를 통해 TMK의 사람들, 즉 왕국민들은 항상 최적의 신체 컨디션을 유지하지요. 바닷고기와 해산물, 육류 등 일부 식품과 가공식품은 TMK 외부에서 조달되기도 하지만, 그 과정 또한 엄격하게 관리되어 자연의 질서를 해치지 않습니다.

또 하나 주목할 점은 TMK의 기후와 환경이 인체에 유해한 요소를 완전히 배제하고 있다는 사실입니다. 유해 광선이 전혀 존재하지 않으며, 대기와 수질, 토양 어디에도 인체에 해로운 성분이 발견되지 않습니다. 이로 인해 '질병'이라는 개념 자체가 천년 왕국에서는 의미를 잃습니다. 왕국민들은 1,000년의 수명을 누리는 동안 병으로 고통받는 일이 없으며, 늘 건강한 젊음을 유지한 채 살아가지요.

이를 현대인의 신체 개념에 비유하자면, 보통 인간이 가장 활력 있고 안정적인 신체 상태를 유지하는 20대에서 50대 사이의 피지컬(Physical) 조건이 TMK에서는 무려 1,000년 동안 지속된다고 할 수 있습니다. 노화로 인한 기능 저하나 만성 질환, 체력 감퇴는 이곳에서 찾아볼 수 없습니다. 질병이 존재하지 않기에 병을 치료하거나 예방하기 위한 병원도 필요하지 않습니다. 다만 사고나 외부 활동 중 발생할 수 있는 물리적 외상을 케어하기 위한 메디컬 센터만이 존재하며, 이는 치료라기보다 회복을 돕는 보조적 공간에 가깝지요.

TMK의 기후는 전반적으로 <u>서안 해양성 기후(West Coast Oceanic Climate)</u>의 특성을 띱니다. 여름은 덥지 않고 선선하며, 겨울은 춥지 않고 온화합니다. 봄·여름·가을·겨울 사계절이 비교적 뚜렷하게 구분되지만, 어느 계절도 인간에게 극단적인 부담을 주지 않습니다. 연평균 기온은 약 24℃로 유지되며, 겨울에도 기온이 영하 2~3℃ 아래로 내려가는 일은 거의 없습니다. 겨울철에는 한두 차례 가벼운 눈을 볼 수 있을 뿐, 혹독한 추위는 존재하지 않습니다. 여름 역시 가장 더운 시기에도 기온이 30℃를 넘는 경우는 드뭅니다.

이러한 기후 조건 덕분에 TMK에서는 폭염이나 혹한, 집중 호우나 폭설 같은 극단적인 자연재해를 찾아볼 수 없고요. 사계절 내내 평온한 일상이 유지되며, 야외 활동은 언제나 안전하고 쾌적한 환경 속에서 이루어집니다. 자연은 위협이 아니라 쉼과 회복의 공간으로 기능하며, 왕국민들은 계절의 변화 속에서 삶의 리듬과 여유를 자연스럽게 누리며 살아갑니다.

이 모든 요소가 어우러져 TMK는 인간이 상상해 온 가장 이상적인 삶의 무대를 현실로 구현한 세계라 할 수 있을 겁니다.

서안 해양성 기후: 대체로 남·북위 40~60°에 이르는 대륙 서안에 분포하는 온대 기후로, 북서 유럽·북미 서안·칠레 남부·오스트레일리아 남동부·아프리카 남동부 등에서 나타난다. 편서풍과 해류의 영향으로 기온의 연교차가 작고 강수량의 계절적 분포로 고른 편이다. 따라서 같은 위도상의 대륙 동안보다 겨울이 온난하고 여름도 그나시 덥시 않으며, 강수는 연중 고르게 내려 우계와 건계가 없다.

TMK(The Millennium Kingdom. 천년 왕국)의 총면적은 약 160㎢(해상 제외)에 달합니다. 이는 지금의 경기도 성남시나 안산시보다 조금 더 넓은 규모로, 하나의 도시 국가에 해당하는 공간감을 떠올리면 됩니다.

TMK의 전체적인 형태는 해변을 따라 길게 펼쳐진 띠 모양의 구조를 이루고 있으며, 총 40㎞의 해안을 기준으로 네 개의 타운이 동쪽에서 서쪽 방향으로 이어져 있습니다. 동쪽으로부터 Emerald Beach Town, Honour Town, Golden Beach Town에 이어 서쪽 끝으로 Ocean Beach Town이 위치하고 있지요. 네 개의 타운은 각각 독립적인 개성을 지니면서도 하나의 유기적인 공동체를 형성하고 있습니다.

왕국민들이 생활하는 이 네 개의 타운은 모두 바다를 향해 열려 있으며, 뒤쪽[북. 北]으로는 산과 호수가 둘러싸고 있어 자연적 방벽을 이루고 있는 모습입니다. 각각의 타운은 약 10㎞의 구간으로 구성되어 있으며, 지형의 높낮이와 해안선의 곡률에 따라 저마다 다른 풍경과 생김새를 보여 줍니다.

가장 동쪽에 위치한 Emerald Beach Town은 이름 그대로 바다 색이 에메랄드빛을 띠어 이름지어졌습니다. 해변 전체가 부드러운 'C'자 형태로 휘어 있어, C Town이라 부르기도 합니다.

이어 **TMK**의 최고 지도자인 Honour가 거주하는 Honour Town이 자리하고 있으며, 이곳은 왕국의 행정과 문화, 상징이 집중된 중심 타운입니다. **TMK**의 심장부라 불리는 이곳에는 왕국의 방향성과 가치가 집약되어 있습니다.

Honour Town의 오른편에 자리한 Golden Beach Town은 석양 무렵이면 바다가 온통 금빛으로 물들어 이름이 붙여졌으며, 'J'자 형태를 띠고 있어 역시 J Town이라는 별칭을 갖고 있습니다.

가장 서쪽 끝에 위치한 Ocean Beach Town은 대양을 향해 굽이치는 'S'자 형태의 모양으로 자리해 역시 S Town으로도 불립니다. 이 중 약 5㎞ 구간은 산과 맞닿아 있고, 나머지 5㎞는 부드러운 해안선을 따라 펼쳐져 있어 바다와 육지가 자연스럽게 어우러진 풍경을 만들어 냅니다.

TMK의 중심축인 Honour Town은 왕국의 중심부로서 Honour가 거주하는 왕궁에 해당하는 웅장한 자태의 TMK Palace를 비롯한, **TMK**를 대표하는 주요 시설과 상징물들이 자리 잡고 있습니다.

TMK Palace 앞쪽으로는 TMK MD(Management, Media, Data, Development)Center, TMK MTC(Main Tennis Court) & Mall, TMK Music Auditorium이 줄지어 배치되어 있습니다. 각 건축물은 기능뿐

아니라 상징성과 디자인 면에서도 TMK를 대표하는 위용과 품격을 자랑하고 있어요.

참조: AI 생성 TMK Honour Town 중심부 이미지

TMK Palace 왼편에는 각각 1.5㎞ 구간에 걸쳐 Fruits Farm과 Flower Garden이 나란히 조성되어 있습니다. 그런가 하면 TMK Palace 뒤쪽으로 약 6㎞ 떨어진 곳에는 가로, 세로 각각 3㎞에 달하는 광활한 Farmland가 펼쳐져 있으며, TMK의 주요 곡물 생산 기지 역할을 맡고 있습니다.

TMK Palace 오른쪽에는 54홀 규모의 TMK Royal Golf Club이 광활하게 펼쳐져 있습니다. 골프 클럽 앞쪽에는 왕국민 3만 명 모두가 한자리에 모일 수 있는 TMK Stadium이 화려한 외관을 갖춘 첨단 건축물로 지어져 있지요.

Honour Town 전방에는 바다를 동서로 가로지르는 길이 5㎞의 TMK Grand Bridge가 TMK를 대표하는 랜드마크 중 하나로 당당한 자태를 드러내고 있습니다. TMK Grand Bridge와 더불어 TMK 타운 전경을 한눈에 바라볼 수 있는 또 하나의 상징물인 TMK Tower는 Golden Beach Town 오른쪽 끝에 위치해 있습니다.

Honour Town 오른쪽 바다 쪽, 만(灣) 형태로 들어온 Golden Beach Town에서 약 2㎞ 떨어진 곳에는 '바다 위의 집'으로 불리는 HoS(House on the Sea)가 자리하고 있어요. 그런가 하면 '호수 위의 집'으로 불리는 HoL(House on the Lake)은 Honour Town 후방 약 10㎞ 지점의 광대한 호수 한가운데에 그림과 같은 둥지를 틀고 있지요.

TMK 최고의 시크릿 플레이스(Secret Place)인 The Eden Park(TEP), 즉 에덴 동산은 Honour Town 전방 12㎞ 해상에 위치한 섬에 신기루처럼 자리 잡고 있습니다. 지상의 낙원, 은둔의 낙원이라 불리는 이곳은 Honour가 직접 초대하는 극소수만이 방문할 수 있는 꿈의 공간이라 할 수 있지요.

이 밖에도 Golden Beach Town과 Ocean Beach Town 사이에는 약 1.5㎞에 걸쳐 해양 스포츠의 요람이라 할 수 있는 Sea Leports Zone(SLZ)이 조성되어 있으며, Fruits Farm 뒤쪽에는 승마 공원(Horse Park)이 자리 잡고 있습니다.

마지막으로 TMK 전역을 병풍처럼 감싸고 있는 세 개의 TMK Mountain은 모두 해발 3,000m가 넘는 고봉(高峰)으로, 원추형의 웅장한 자태를 자랑합니다. 이 산들은 단순한 지형을 넘어 TMK의 자연적 위엄과 안정감을 상징하는 존재라 할 수 있습니다.

각 시설과 상징물에 대한 보다 구체적인 이야기는 뒤에서 차근차근 풀어가도록 하지요.

 TMK의 왕국민, 즉 구성원은 누구이며, 이들은 1,000년의 수명을 어떤 모습으로 살아가게 됩니까?

TMK의 구성원은 Honour(領主, 城主)를 비롯해 30,000여 명의 왕국민과 이들을 보좌하는 10,000명의 하인(Servants)들로 이루어져 있습니다. 따라서 TMK 전체 거주자는 약 40,000여 명에 이릅니다.

왕국민은 Honour Town을 제외한 세 개의 타운에 각각 10,000명씩 거주하며, 남녀 비율은 대체로 비슷합니다.

왕국민을 섬기는 총 10,000명의 하인들은 Honour Town(1,600명)을 비롯하여 Emerald Beach Town(2,800명), Golden Beach Town(2,800명), Ocean Beach Town(2,800명) 등 각 타운에 배치되어 각자 주어진 역할을 수행합니다.

TMK 왕국민의 가장 두드러진 특징은 단연 1,000년에 달하는 수명입니다. 이는 현재 지구에 사는 사람들보다 약 10배 이상 더 오래 사는 셈이죠. 더욱 주목할 점은 1,000년의 세월을 사는 동안, 현대인의 20대에서 50대 수준의 체력과 건강을 지속적으로 유지한다는 사실입니다.

모든 왕국민은 TMK에 입성하는 첫해를 지금의 20대 피지컬 상태로 시작, 수명이 다하는 1,000년쯤이면 50대 후반 정도의 모습을 띠게 됩니다. 즉 TMK에서 500년쯤이면 지금의 30대 중후반의 활력과 신체 능력을 유지하며 살게 된다는 뜻이죠. 그렇기에 TMK에서의 시간은 현대의 '노화의 곡선'을 완전히 새롭게 정의하게 되죠. 노화는 단순히 쇠퇴가 아니라 아주 느리게 이동하며 삶의 깊이를 더해 가는 또 하나의 생의 방식에 가깝습니다.

'인생은 짧고 예술은 길다'라는 말이 지금의 생에서 통용된다고 한다면, TMK에서는 '예술은 길고 인생은 영원하다'라는 표현이 더 어울릴지도 모릅니다.

세월은 왕국민을 서두르게 하지 않고, 각자의 삶은 천 년이라는 캔버스 위에서 차분하고 깊이 있게 완성되어 갈 뿐입니다.

또한 30,000명의 모든 왕국민은 동일한 시기에 TMK에 입성해 단일 시대를 함께 살아갑니다. 따라서 세대 차이나 세대 갈등이라는 말은 있을 수 없고요.

정신적, 육체적으로 건강한 상태를 유지한 채 1,000년이란 단일 시대를 함께 살아가기에 왕국민들 사이에 동질감(同質感)과 동류의식(同類意識)이 매우 높습니다. 이러한 동질감과 동류의식은 TMK 왕국민 모두를 하나로 결집하는 가장 강력한 에너지원으로 작용할 겁니다. 이는 오늘날의 국가나 공동체에서는 좀처럼 찾아보기 어려운, 매우 안정적인 집단 에너지이자 TMK 사회 구조를 지탱하는 강력한 기반이라 하겠습니다.

 좀 더 구체적인 설명이 필요할 것 같은데요. TMK 왕국민들은 사실상 늙지 않는다고 하는데, 그렇다면 이들은 육체적, 정신적인 측면에서 어떤 상태로 1,000년을 살아가게 됩니까?

천 년이라는 장구한 시간은 TMK 왕국민들에게 단순한 수명의 연장이 아니라, 생애 전반에 걸쳐 자신이 추구하는 모든 가치와 이상, 목표를 충분히 탐색하고, 성취하며 향유할 수 있도록 주어진 거룩한 선물입니다.

인간이 마음속에 그려 온 꿈과 포부를 '현실'이라는 무대 위에서 중도 포기 없이 밀고 나갈 수 있게 해 주는 시간, 말 그대로 '축복 위에 더해진 축복'이라 할 수 있지요. 지금의 세계에서는 상상조차 어려운, 시간 그 자체가 가장 강력한 자산이 되는 삶의 구조입니다.

어쩌면 TMK에서는 '시간'의 개념이 사실상 무한(無限)에 가깝다고 표현해도 과하지 않습니다. 어떤 시도나 도전이라도 충분한 시간이 주어진다면, 실패와 시행착오를 건너 결국 성장과 성숙을 거쳐 완전한 성취의 경지에 도달할 수 있기에 그렇습니다. 인간이 품는 가능성의 씨앗이 시간이라는 비옥한 토양 위에서 끊임없이 자라나 마침내 풍성한 열매를 맺는 구조이기 때문입니다.

그 결과 TMK 왕국민들에게는 지금의 인류에게 익숙한 '조급함' 같은 감정이 존재할 이유가 없습니다. 무엇이든 서두를 필요가 없고, 천천히 즐기고 누리다 보면 어느 순간 자연스럽게 '다 이루었음'을 발견하게 되는 것이지요. 성취는 쫓아가야 할 목표가 아니라, 시간이 흐르며 삶 속에 스며드는 결과가 되는 셈이라 하겠습니다.

게다가 TMK 왕국민들은 지금의 인류처럼 유아기 → 아동기 → 청소년기 → 중장년기 → 노년기로 이어지는 생애주기를 겪지 않습니다. 대신 청년기와 중년기의 '황금기' 상태만을 유지한 채 1,000년을 살아갑니다. 육체적으로는 강건하고 정신적으로는 균형 잡힌, 인간 존재가 가질 수 있는 가장 이상적인 성숙의 상태에서 인생 전부를 보내게 되는 셈입니다. 노화에 대한 두려움이나 육체적 쇠약, 정서적 불안과 같은 문제는 TMK 왕국민의 삶에서 애당초 없는 개념입니다.

이처럼 강인한 피지컬과 안정된 멘탈을 기반으로, TMK 왕국민들은 의식주에서 완전한 자유를 누립니다. 오늘날 인류처럼 생계를 위해 소모하는 막대한 에너지, 즉 먹고사는 문제, 교육 경쟁, 직업 스트레스, 주거 불안, 노후 대비와 같은 부담을 일체 경험하지 않습니다. 삶의 전 영역에 걸쳐 경쟁과 비교라는 굴레에 묶여 끊임없이 자신을 증명해야 하는 현대 사회와는 본질적으로 다른 구조인 것이지요.

현대인들은 생애 대부분을 '의무'와 '책임'이라는 이름의 숙제를 해결하느라 바쁘게 살아갑니다. 학업, 취업, 결혼, 주거, 자녀 양육, 건강 문제 등 삶을 무겁게 짓누르는 요소들이 끝없이 이어지죠. 그러나 TMK에서는 이러한 숙제가 제거된 상태에서, 삶 전체가 기쁨과 성취, 평안으로 구성된 하나의 '축제의 시간표'로 채워진다 하겠습니다.

결국 TMK 왕국민들에게 인생은 견뎌 내고 감당해야 할 부담이 아니라, 1,000년 동안 누리고 확장해 나가는 '낙원(樂園)' 그 자체입니다. 그리고 그 긴 1,000년의 세월 동안 무엇을 경험하고, 어떤 방식으로 자신만의 인생을 빚어 가는지에 대해서는 뒤에서 더 상세히 설명하도록 하지요.

Q-5 **왕국민들이 지닌 특징은 무엇인지에 대해서도 자세한 설명을 부탁드립니다.**

앞서 언급했듯이 **TMK**의 왕국민 약 30,000명은 남녀 비율이 거의 동일하게 유지되며, 지적 수준은 현재의 기준으로 대학 졸업 이상에 해당합니다. 이는 단순한 지식이나 학력의 차원을 넘어, 사유 능력·이해력·창조적 감수성·공동체적 판단력 등 전인적 지성을 의미합니다.

모든 왕국민은 신체적·정신적 장애가 전혀 없는 이들로 구성되어 있으며, 각자의 능력은 균질하면서도 조화롭게 분포되어 있습니다, 그 가운데에는 특정 분야에서 탁월한 실력과 재능을 지닌 전문가(Specialist)들도 포함됩니다. 음악, 과학, 공예, 체육, 문예, 언어, 철학, 기술 분야 등 다양한 영역에서 두드러진 잠재력과 숙련도를 갖춘 이들로, 현대 사회에 비유하자면 교육기관의 교사나 지도자 정도로 보면 됩니다. 이들은 **TMK**에서 일정 기간 교습가(Teacher, Coach)로서 다른 왕국민들에게 자신이 가진 지식과 기술을 나누고, 공동체 전체의 역량을 끌어올리는 역할을 맡지요. 일종의 재능 기부인 셈이지요.

또한 TMK 왕국민들은 모두가 정직, 순수, 온유, 겸양, 관용, 박애, 절제라는 기본 품성을 공통의 인격적 기반으로 갖추고 있습니다. 이는 외부에서 주입된 단순한 도덕적 덕목을 넘어, 그들 존재 자체가 품고 있는 근본적 성향이라고 할 수 있습니다.

그래서 TMK의 일상 속에서는 걱정, 근심, 불안, 초조, 우울 등의 무거운 감정이 거의 자리하지 못하며, 시기, 질투, 증오, 분노, 저주와 같은 해로운 감정 역시 찾아보기 힘듭니다. 다시 말해 그들의 내면 구조 자체가 서로를 해치지 않고 공동체적 선을 추구하는 방향으로 최적화되어 있는 셈입니다.

흥미로운 점은, 왕국민들 모두가 TMK에 오기 전 세상에서 어떤 삶을 살았는지 전혀 알지 못한다는 것입니다. 과거의 생애, 국가, 민족, 역사, 개인적 관계에 대한 어떠한 기억도 없습니다. 그러나 이 '망각의 사실'은 그들에게 혼란이나 상실이 아니라 오히려 깊은 평안과 자유로 작용합니다. 자신이 'TMK에 태어났다'는 사실만으로도 더없는 행운이자 축복이라 여기기 때문입니다.

TMK에서는 모두가 형제자매와 같은 운명적 공동체라는 인식이 자연스럽게 공유됩니다. 그들은 서로를 있는 그대로 소중히 여기며, 상호 간의 존중과 사랑은 공동체 문화의 기본 전제가 됩니다.

각 왕국민은 천 년의 시간 동안 자신에게 주어진 능력과 달란트(Talent)를 한껏 발휘하며 공동체에 기여합니다. 그 과정에서 개인적 성취는 공동체적 의미와 자연스럽게 연결되며, 경쟁보다는 협력, 비교보다는 상호 고양이 삶의 중심 가치로 작동합니다. TMK 사회는 단순히 질서만 유지되는 공간이 아니라, 인간이 추구해 온 가장 이상적인 가치들이 실제로 구현되는 무대라 할 수 있습니다.

따라서 TMK에서의 1,000년은 단지 길게 늘어진 시간이 아니라, 끊임없는 도전과 배움, 창조와 성취, 기쁨과 열정이 이어지는 '확장된 인생 무대'입니다. 왕국민 각자가 지닌 고유한 꿈과 잠재력은 공동체적 조화 속에서 꽃피우고, 그 결과 TMK 전체는 하나의 거대한 영적·문화적 작품처럼 완성되어 가지요. 이 1,000년의 생애는 결국 스스로의 삶을 최고의 경지로 승화시키는 동시에, 공동체의 번영과 희락을 함께 만들어 가는 것을 궁극적인 목표로 삼고 있습니다.

계속해서 왕국민들의 구체적 일상과 역할, 문화와 사회 구조가 어떻게 펼쳐지는지 더욱 자세히 설명하도록 하지요.

  TMK를 이끌어 가는 최고 지도자는 어떤 사람인가요?

TMK의 실질적 지배자이자 왕국의 궁극적인 주인은 바로 'Honour [ɑːnər]'라 불리는 존재입니다. 이름 그대로 Honour는 존경받기에 합당한 자, 명예롭고 고결한 인물, 존엄이 응집된 상징을 뜻합니다.

TMK의 모든 왕국민은 Honour를 '영주(領主)', '성주(城主)'로 모시며, Honour를 정점으로 하는 완전한 질서 속에서 일생을 살아갑니다. Honour는 단순한 통치자를 넘어 TMK의 정신과 정체성, 그리고 존재 이유의 총체라 할 수 있습니다.

Honour는 왕국의 모든 결정과 정책의 최종 권위를 지니고 있으며, 판단에 있어서 언제나 '절대적 정확성'을 구현하고자 합니다. 그가 어떤 사안을 바라보고 결론을 내리는 순간, 왕국민들 사이에서는 더 이상의 논쟁이나 해석이 필요 없지요. Honour의 말은 곧 TMK의 법이며 원칙이고, 그의 의도는 왕국 전반을 움직이는 기준이라 할 것입니다.

무엇보다 Honour는 왕국민을 선발하는 절대 권한을 갖고 있습니다.

TMK에 들어올 수 있는 존재인지, 어떤 타운에 배치될지, 어떤 역량을 발휘할 여지가 있을지는 오직 Honour의 판단에 의해 결정됩니다. 또한 TMK 운영에 필요한 모든 재정과 자원 역시 Honour가 직접 내려 줍니다. 왕국의 기반 시설, 교육·문화·체육·예술 시스템, 각종 관리·행정 체계, 그리고 왕국민과 하인(Servants)들의 생활 기반까지 — 결국 TMK의 모든 토대는 Honour의 공급과 결정 아래 유지되는 셈입니다.

그렇기에 Honour는 존엄 그 자체이며, TMK의 상징으로서 왕국민 모두의 사랑과 존경을 한 몸에 받습니다. 이는 강요된 복종이 아니라, 고결함에 감응하는 자연스러운 경외이자 진심에서 우러나는 충성(忠誠)이라 할 것입니다.

TMK에서는 왕국민 누구든, 어떤 상황에서든 Honour가 등장하면 즉시 하던 일을 멈추고 바르게 서서 예를 갖추어야 합니다. 이는 두려움이나 부담에서 비롯된 행동이 아니라, 존엄 앞에서 마땅히 드러나는 기쁨과 환희의 표현입니다.

왕국민들은 미소 지으며 목례를 하거나, 두 손을 흔들며 반갑게 인사해야 합니다. 때로는 박수를 치거나 환호를 보내며 Honour에 대한 사랑과 경외심을 적극적으로 표현할 수도 있습니다.

Honour의 존재 그 자체가 왕국민에게는 빛과 같고, 그와 눈이 마주치거나 그의 목소리를 듣는 것만으로도 하루가 충만해지는 일종의 '축복'인 것이죠.

때때로 Honour는 현장에서 마음에 드는 인물을 발견하면, 곧바로 특별 인센티브를 지급하거나, 자신의 가까운 곁에서 보좌 역할을 맡을 수 있는 매니저나 비서로 직접 픽(Pick)하기도 합니다.

특히 Honour는 문화 예술, 스포츠, 탐험, 창조적 프로젝트 등 여러 분야에서 '빅 매치'를 펼치며, 자신의 역량을 왕국민 앞에서 드러내는 경우가 있습니다.

상당수 왕국민들은 현장을 직접 찾거나, TV·온라인 방송을 통해 실시간으로 관람하며 열렬한 응원을 보냅니다. 그들의 환호는 자신이 사랑하는 절대적 존재의 아름다운 성취를 함께 누리는 공동의 환희나 다름없지요.

왕국민들은 Honour가 이루는 모든 성취를 자신의 성취처럼 여기며, Honour의 승리와 영광을 통해 자신의 존재 의미까지 확장되는 듯한 감정을 느낍니다. 이는 TMK에서 Honour에 대한 사랑과 충성심(Royalty)이 왜 절대적이며 압도적인지를 보여 주는 대표적 장면이라 할 수 있습니다.

요약하자면…

Honour는 TMK의 주인이자 빛이며 중심이고,

그의 권위는 절대적이지만 억압적이지 않고,

그의 존재는 위엄이 넘치지만 부담스럽지 않으며,

그의 리더십은 완벽하지만 따뜻하고,

그의 영향력은 무한하지만 언제나 왕국민을 향합니다.

왕국민들 역시 스스로의 존재 이유를 Honour 안에서 발견하며, 그를 사랑하고, 따르고, 존경하며, 그와의 만남을 커다란 축복으로 받아들이죠.

그렇다고 해서 Honour의 '압도적 지위'를 왕국민들이 범접하기 어려운 카리스마로 받아들이는 것은 아닙니다. 그들에게 Honour는 '절대자'이면서, 동시에 친근한 동료이자 친구처럼 느껴지는 존재입니다. Honour 역시 왕국민들을 자신이 마음껏 부릴 수 있는 신하나 부하로 여기지 않습니다. 천년 왕국을 더욱 낙원답게, 더욱 천국답게 완성해 나가는 동반자로 인식할 뿐이지요.

한편으로 Honour도 신(神)이 아니기에 '인간적 면모'를 잃지 않습니다. 티끌 하나 묻지 않은 존재처럼 흠결이 전혀 없는 것도 아닙니다. 때로는 넘어지기도 하고 실수를 하기도 하며, 자신의 언행을 돌아보며 후회할 때도 있습니다. 그럼에도 그는 언제나 '완결성을 향한 도전'을 멈추지 않습니다. 이는 왕국민들을 향한 지극한 사랑이자, 스스로에게 주어진 거룩한 미션이라고 믿기 때문입니다.

 그렇다면 TMK 왕국민들의 일상은 어떠하며, 이들은 무엇을 추구하고 어떤 목표를 갖고 살아가는지 궁금합니다.

어쩌면 현대인들이 꿈꾸는 이상적인 삶의 모든 모습, 그리고 그 상상 너머의 세계까지 TMK 왕국민들은 평생 동안 누리며 살아간다고 할 수 있습니다. 현대인들은 자신이 가장 행복하다고 느끼는 순간에도 일말의 불안한 그림자를 완전히 떨치기 어렵지만, TMK 왕국민들의 삶에는 걱정과 근심, 불안과 초조 같은 부정적인 감정이나 관념은 사실상 존재하지 않습니다. 그들의 일상은 오직 화평과 온유, 희락과 감동, 사랑과 행복으로만 가득 채워져 있을 뿐이죠.

우선 TMK 왕국민들의 일상생활은 현대에서 말하는 '근로'와 '노동'의 개념과는 본질적으로 다릅니다. 그 대신 자신을 확장하고 세계를 이해하기 위한 연구와 탐색, 예술과 문화, 스포츠와 레저, 휴식과 힐링만이 일상을 지배한다고 할 수 있죠.

기본적으로 일주일 중 4일은 개인이 추구하는 목표 활동에 집중하고, 나머지 3일은 휴식과 레저를 즐기는 휴일로 보내게 됩니다. 하루 6시간으로 구성되는 '일과 시간'에는 목표 활동 외에도 문화 예술과 스포츠 활동이 필수적으로 포함됩니다. 문화 예술 1시간 30분, 스포츠 1시간 30분을 기본으로 하되, 둘 중 하나를 선택해도 무방합니다. 예를 들어, 어느 개인이 목표 활동을 통해 천문학 분야에서 최고 권위자가 되고자 한다면 하루 3시간은 그 분야 연구에 몰두하고, 나머지 3시간은 악기나 미술 같은 예술 활동, 혹은 좋아하는 스포츠 종목 하나를 선택해 시간을 보내게 됩니다.

본인의 목표 활동 자체가 문화 예술이나 스포츠 분야에 속한다면 그 분야는 중복 활동에서 제외되긴 합니다. 대신 추가 활동 시간에는 교양과 지식을 쌓는 데 시간을 보내도록 권장하지요. 목표 활동은 특성에 따라 개인 또는 클래스 형태로 이뤄지며, 그 외 활동은 주로 동아리(클럽)나 그룹 형태로 진행됩니다.

하루의 나머지 시간에는 왕국민들과의 교제와 대화, 사색과 명상, 독서와 음악 감상, 영화 관람과 공연 감상, 산책과 헬스 트레이닝 등 심신을 풍요롭게 하는 활동들이 자유롭게 이어집니다. 하루가 빽빽하게 채워지기보다는, 충분한 여백 속에서 각자의 리듬에 맞게 흘러가는 겁니다.

1년 중 기본적으로 2개월의 휴가가 주어지며, 개인의 필요에 따라 1개월의 추가 휴가도 가능합니다. 휴가 기간 동안 왕국민들은 주로 취미 활동에 깊이 몰입하거나 여행, 레저, 탐험 등을 통해 새로운 경험을 쌓으며 자신을 더욱 확장해 나갑니다. 쉼 또한 성장의 일부로 인식하는 것이지요.

한편 한 가지 목표 활동을 선택하면 최소 10년 동안은 그 영역에 몰두해야 하며, 운동과 예술 활동 역시 하나의 종목이나 악기를 선택하면 10년 동안 꾸준히 배우고 연마하도록 합니다. 이는 누구나 자신의 분야에서 프로나 전문가의 경지에 이르도록 권고하는 겁니다.

이른바 '1만 시간의 법칙'이 말하듯, 한 가지 목표에 장기간의 집중과 몰입을 통해 누구나 자신만의 '최고' 경지에 도달할 수 있도록 하기 위한 원칙입니다. 10년을 넘어 계속 연구하거나 수련하는 것은 개인의 자유이지만, 최소한의 10년은 반드시 깊이 파고들어 '천착(穿鑿)'하도록 규정하고 있습니다. 10년 이상 오직 하나의 목표에 집중함으로써 어느 정도 '일가'를 이뤘다 할 만큼 성취감을 누리도록 유도하기 위해서이지요.

TMK에서의 삶이란, 자신이 이룬 성취를 왕국민들로부터 인정받고 갈채받을 수 있도록 최고의 퍼포먼스를 향해 나아가는 아름다운 여정이라 할 수 있겠습니다. 왕국민 각자의 도전과 열정은 그 자체로 하나의 예술이라 할 수 있으며, 1,000년의 생애를 기쁨과 영광으로 채우는 찬란한 축제로 완성해 갑니다.

1만 시간의 법칙: 말콤 글래드웰(Malcolm Gladwell)이 그의 책 『Outliers: The Story of Success』에서 제시한 개념으로 한 분야에서 전문가가 되기 위해서는 약 1만 시간의 연습이 필요하다는 이론.

목표 활동의 구체적인 개념은 개인적으로 일정 기간 내 성취, 달성하고자 하는 셀프 미션(Self Mission)을 위해 일상생활에서 가장 전념하는 행위를 의미합니다. 이는 단순한 취미나 반복적 훈련이 아니라, 자신의 잠재력과 한계를 시험하며 삶의 밀도를 높여 가는 중심축이라 할 수 있습니다. TMK에서의 목표 활동은 곧 '내가 이 시간에 어떤 인간으로 완성되어 가는가'를 보여 주는 삶의 방향이기도 합니다.

인문 분야의 경우 학문적인 탐구나 연구, 저술, 창작 등이 해당될 수 있겠죠. 과학 분야에서는 새로운 기술의 개발이나 물질의 연구, 발견, 발명 등이 포함될 수 있고요. 또 문화 예술, 스포츠 분야에서는 특정 장르나 종목에서 최고 실력자로 인정받기까지의 과정 활동, 즉 훈련과 연습, 창작과 표현, 무대와 경기에서의 도전 자체가 목표 활동에 속합니다.

예를 들어, 어느 왕국민이 피아니스트로서 TMK 콩쿠르 대상 수상을 목표로 한다면 그 과업을 이루기까지 쏟는 모든 시간적, 육체적, 정신적인 노력이 바로 그의 목표 활동이 되겠지요. 하루하루의 연습, 음악에 대한 연구와 해석, 무대 경험과 심리적 단련까지, 과정 활동 전부를 말하는 겁니다.

한편 **TMK**에서 모든 목표 활동의 궁극적 지향점은 '명예의 전당(Hall of Fame)'에 헌액되는 것입니다. **TMK**는 각 분야와 장르별로 최고의 성취자를 명예의 전당에 헌액하는 기준이 마련돼 있습니다. 왕국민들은 이 최고의 명예를 얻기 위한 목표 활동을 최우선으로 삼고 가장 중요하게 여기기 마련입니다.

명예의 전당 입회 기준은 분야별 특성에 따라 구체적으로 설정되어 있습니다. 음악 분야에서는 TMK 콩쿠르 3회 대상, 바둑에서는 TMK 국수전 3회 우승, 골프에서는 TMK 마스터즈 챔피언십 3회 우승이 대표적인 예입니다. 경연이나 경기 외 타인과의 직접적 경쟁이 아닌 스스로의 업적과 창조성을 발휘해야 하는 인문, 과학 분야 역시 명예의 전당에 오를 수 있는 별도의 최고수 규정을 두고 있습니다.

모든 왕국민들은 자신이 우선적으로 가장 도전하고 싶은 목표 활동을 택하여 최고수가 되기 위한 과정을 오롯이 즐기면서 생활하는 게 일상입니다. 하나의 목표를 달성하면 또 다른 목표를 향한 새로운 도전이 자연스럽게 시작되겠지요. 무한에 가까운 시간이 가장 큰 자원이기에, 왕국민들은 서두르지 않고도 평생에 걸쳐 여러 분야에서 자신이 이루고자 하는 의미 있는 업적을 쌓는 데 모든 에너지와 열정을 집중할 수 있는 겁니다.

의식주가 사실상 자유롭기 때문에 오로지 자신이 하고 싶은, 즐기고 싶은, 향유하고자 하는 목표 활동에 모든 열정과 에너지를 온전히 바칠 수 있는 것이지요.

대부분의 왕국민은 하나의 목표 활동을 선택하고 다음 도전 과제로 넘어가지만 일부 왕국민의 경우 동시에 두 개의 목표 활동을 수행하기도 합니다. 왕성한 열정과 성취 욕망이 특별히 강할 경우 두 개 이상의 목표 활동에 동시 도전하기도 합니다.

다만 TMK에서는 과도한 경쟁을 유발하거나 육체적, 정신적으로 건강한 삶을 해칠 우려가 있는 행위는 적극적으로 제한하기에 두 가지 이상의 목표 활동 선택은 엄격한 심사를 거쳐 승인하게 됩니다. 자칫 필요 이상의 경쟁을 유발하거나 그로 인해 왕국민들과의 사회적 관계성을 훼손할 수 있기에 목표 활동의 '과잉' 참여는 최대한 제한하는 이유라 하겠습니다.

한편으로 목표 활동의 범주에 부(富), 지위, 권력을 쫓는 행위는 있을 수 없습니다. 아울러 왕국 내 서열을 매기거나, 계급적 우열을 가르는 내용은 포함하고 있지 않습니다. TMK 체제는 현대 사회와 본질적으로 다르기에, 그러한 '세속적 지향'은 아무런 의미를 갖지 못합니다. 왕국의 통치와 지배는 오직 Honour에게 부여된 고유의 권한이며, 운영위원회 매니저나 Honour 비서 등 지도자급 직위 또한 Honour의 선택(Pick)에 의해 임명됩니다. 이러한 구조 속에서 목표 활동은 권력의 도구가 아니라, 오롯이 자기 완성과 공동체 기여를 위한 순수한 여정으로 기능합니다.

TMK 왕국민들의 삶의 모토(Motto)는 단 한 문장으로 압축할 수 있습니다. 바로 '재미와 의미 그리고 감동'입니다.

왕국민들의 삶은 이 세 단어를 중심으로 설계되고 전개됩니다. 무엇을 하든, 어디에 있든, 어떤 관계 속에 있든 모든 행위는 반드시 재미를 품고 있거나, 의미를 지니거나, 혹은 감동으로 이어져야 합니다. 다시 말해, 삶 자체가 재미있거나, 의미 있거나, 마음을 울리지 않는다면 그 행위는 TMK 왕국민의 일상 속에 자리할 수 없지요.

예를 들어, 한 왕국민이 새로운 기술을 배우기로 결심했다고 가정해 보죠. 단순히 "필요하니까" 배우는 것이 아니라, 그 과정 자체가 흥미롭고 즐거워야 합니다. 배우는 과정에서 예상치 못한 발견과 깨달음이 있어야 하고, 언젠가 그 기술이 다른 누군가의 삶을 더 편리하고 아름답게 만드는 데 쓰일 수 있다는 확신이 뒤따릅니다. 그렇게 학습은 곧 놀이가 되고, 성장은 곧 기쁨이 되는 겁니다.

이러한 삶의 태도는 개인의 영역에만 머무르지 않습니다.

TMK에서는 개인의 즐거움이 공동체의 활력으로 자연스럽게 확장되지요. 한 사람이 재미있게 몰입한 취미 활동이 공동 프로젝트로 발전하기도 하고, 누군가의 의미 있는 선택이 공동체 전체의 가치 기준을 한 단계 끌어올리기도 합니다. 또 한 사람의 깊은 감동 경험은, 다른 이에게 도전과 용기를 전염시키는 씨앗이 되기고 하고요.

실제로 TMK의 공동체 활동은 '의무'가 아니라 '기대'에 가깝다 하겠습니다. 누군가 이웃을 돕는 일조차도, 억지로 하는 봉사가 아니라 스스로 보람과 감동을 느끼는 과정이 됩니다. 그래서 TMK에서는 "왜 그런 일을 하느냐"는 질문보다 "그 과정이 얼마나 재미있고 의미 있었는가"를 더 중요하게 묻습니다.

그럼 세 가지 모토를 조금 더 구체적으로 들여다보겠습니다.

♣ 재미(Fun)는 단순한 즐거움이나 오락을 뜻하지 않습니다.

관심과 흥미, 새로움과 신선함, 설렘과 몰입, 유쾌함과 열정, 때로는 상쾌한 긴장과 스릴까지 포함합니다. TMK 왕국민에게 재미란, "지금 이 순간 내가 살아 있음을 분명히 느끼게 하는 감각"입니다. 그래서 그들은 반복되는 일상 속에서도 늘 작은 변주와 실험을 시도합니다. 익숙한 일에도 새로운 방식을 도입하고, 평범한 하루 속에서도 뭔가를 기대할 수 있는 요소를 만들어 내지요.

♣ 의미(Meaning)는 삶의 방향을 결정하는 나침반과 같다 하겠습니다.

참여와 가치, 필요와 중요성, 사명과 소명, 목표와 성취는 물론, 나눔과 봉사, 헌신과 희생, 선한 영향력까지 아우릅니다. TMK 왕국민들은 자신의 재능과 시간을 "어디에 쓰는 것이 가장 옳은가"를 끊임없이 고

민합니다. 한 왕국민이 작은 발명을 통해 누군가의 불편을 덜어 주고, 또 다른 이는 예술 작품으로 사람들의 마음을 풍요롭게 합니다. 이때 중요한 것은 결과의 크기가 아니라, 그 선택이 자신과 타인에게 어떤 의미를 남겼는가입니다.

♣ 감동(Impact)은 삶을 이야기로 완성시키는 요소입니다.

눈물과 기쁨, 사랑과 공감, 초월적인 순간, 말로 설명하기 어려운 황홀감과 카타르시스까지 포함합니다. TMK 왕국민들은 인생의 어느 순간, "이 장면은 평생 잊지 못하겠다"고 말할 수 있는 경험을 중요하게 여깁니다. 어떤 이는 위대한 공연에서, 어떤 이는 깊은 대화 속에서, 또 어떤 이는 동료의 성장 순간에서 그런 감동을 마주합니다. 감동은 삶을 단순한 시간의 나열이 아닌, 기억할 가치가 있는 서사로 만들어 줍니다.

이러한 세 가지 모토는 왕국민들의 삶 속에서 엔돌핀, 도파민, 세로토닌, 옥시토신과 같은 긍정적 호르몬 분비를 자연스럽게 촉진시키지요. 그 결과 TMK 왕국민들은 신체적 활력은 물론, 정서적 안정과 깊은 행복감을 지속적으로 유지하게 됩니다. 재미·의미·감동은 때로는 각각 독립적으로 작용하지만, 많은 경우 서로 융합되어 하나의 강렬한 경험으로 체화됩니다.

이처럼 일상이 늘 살아 움직이는 경험으로 채워져 있기에, TMK 왕국민들의 삶에는 지루함이나 무기력, 단조로움이 끼어들 틈이 없습니다. 하루를 마무리할 때마다 "오늘은 무엇이 즐거웠는가, 무엇이 보람이 있었는가, 무엇이 나의 심금을 울렸는가"를 돌아보며, 내일을 기대하게 됩니다.

결국 이러한 삶의 모토야말로 TMK 왕국민들이 천 년의 수명을 누릴 수 있는 가장 근본적인 원천이라 할 수 있습니다. 깊은 정신적 만족과 단단한 심리적 안정감이 건강한 육체와 조화를 이루어, 비로소 TMK 왕국민이 꿈꾸는 '천 년 장수'라는 이상적인 삶의 조긴은 완성됩니다. 그리고 그 천 년은, 매일매일이 살아갈 이유로 가득 차 있다는 기대와 설렘으로 채워집니다.

 TMK의 통치 체제를 비롯한 사회는 어떤 모습인가요? 또 가족 관계나 주거 형태는 어떤가요?

TMK는 유일한 실권자인 Honour 단 한 사람에 의해 통치·운영되는 왕국입니다. 이러한 구조만 놓고 본다면 TMK의 정체(政體)는 분명 전형적인 군주제, 그중에서도 완전한 왕정(王政)이라 할 수 있습니다. 그러나 TMK의 왕정은 지금의 역사 속에서 익히 알고 있는 전제군주제와는 결을 달리합니다. 억압과 통제, 강제와 명령을 기반으로 한 지배가 아니라, 고도의 신뢰와 숙의, 합의를 토대로 작동하는 매우 독특한 통치 시스템이기 때문입니다.

Honour는 절대적인 최종 결정권자이지만, 일상의 운영과 정책 설계는 혼자서 수행하지 않습니다. Honour를 정점으로, 세 개의 타운에서 각각 선발된 총 9인의 매니저 그룹이 'TMK 운영위원회(TMK Commission)'를 구성합니다. 이 운영위원회는 현대 국가의 행정·입법·사법 기능을 포괄적으로 수행하는 기구로, 왕국 전반의 정책 수립, 규칙 제정, 분쟁 조정, 제도 설계까지 담당합니다.

예컨대, 새로운 주거 정책이나 생활 규칙이 필요할 경우, 운영위원회는 단기간에 결론을 내리지 않습니다. 충분한 자료 수집과 시뮬레이션, 다양한 의견 교환을 거친 뒤 여러 대안을 마련하고, 그중 왕국민의 삶의 질을 가장 높일 수 있는 방안을 도출합니다. 이후 그 안은 Honour에게 보고되고, Honour는 운영위원회의 논의 과정을 검토한 뒤 최종 승인을 내립니다. 즉, 결정의 책임은 Honour에게 귀속되지만, 결정에 이르는 과정은 철저히 집단적 숙의에 기반하고 있는 구조입니다.

각 타운 또한 상당한 자치권을 갖습니다. Emerald Beach Town, Golden Beach Town, Ocean Beach Town에는 각각 9인의 매니저로 구성된 타운 운영위원회(EBT·GBT·OBT Commission)가 존재하며, 타운 내부에서 발생하는 생활 이슈나 지역적 특성을 반영한 정책은 이곳에서 우선적으로 논의되고 결정됩니다. 예를 들어 특정 타운의 문화 공간 확장이나 환경 관리 방식, 커뮤니티 프로그램 구성 등은 해당 타운 운영위원회가 주도적으로 결정하지요.

TMK 왕국민은 모두 독립적인 개인이자 삶의 주체이며, 가족·친족·가문이라는 개념은 TMK에서 존재할 수 없습니다. 모든 왕국민은 서로를 친구이자 동료, 이웃으로 인식할 뿐입니다. 1,000년이라는 긴 시간은 혈연을 대신하는 가장 강력한 공동체 자원이 되어, 느슨하면서도 깊고 단단한 유대감을 형성합니다.

거주지 이전이 자유롭다는 점도 이러한 유대를 강화합니다. 왕국민이 약 30년 주기로 세 타운을 순환하며 거주할 경우, 100년에서 200년 정도가 지나면 약 30,000명에 이르는 모든 왕국민이 서로를 알고 지내는 관계망이 자연스럽게 형성되겠지요. 이 과정에서 '처음 만나는 타인'은 점점 줄어들고, 오랜 세월을 공유한 동료이자 친구로서의 관계가 왕국 전반에 촘촘히 자리 잡게 됩니다.

남녀 간의 사랑과 교제는 존중되지만, 결혼 제도는 없고요. 사랑의 깊이와 신뢰의 정도에 따라 일정 기간 동거는 허용되며, 그 형태와 기간 또한 철저히 개인의 선택에 맡겨집니다. 그러나 출산이 이루어지지 않기에 2세나 후손, 가계(家系)의 개념은 TMK 사회에서 찾아볼 수 없습니다. 이로 인해 개인의 삶은 언제나 '지금 이 순간'에 집중되며, 미래 세대를 위한 의무나 부담에서 자유롭다 하겠습니다.

한편, 동성 간의 교제는 허용되지 않으며, 성소수자나 성전환이라는 개념 또한 TMK의 사회적 언어와 제도 속에는 존재하지 않습니다.

또한 TMK에서는 인간의 육체와 정신에 해악을 끼칠 수 있는 요소들이 철저히 배제됩니다. 이에 따라 마약, 마리화나, 대마, 담배 등은 왕국 내에 들여올 수 없으며, 사람을 인위적으로 해칠 목적으로 개발된 총포류, 화약류, 도검류 등 모든 살상 무기 역시 찾아볼 수 없습니다. 다만 술은 기호식품의 범주로 제한적으로 허용되어, 맥주·와인·위스키·샴페인 정도만 절제된 방식으로 즐길 수 있습니다. 이는 쾌락을 통제하기 위함이 아니라, 삶의 균형과 건강을 지키기 위한 최소한의 장치라 할 수 있습니다.

생활 양식은 철저히 개인화되어 있지요. 기본 주거 형태는 원룸이지만, 전용 면적은 약 120㎡에 달해 침실, 욕실, 서재, 취미 공간, 휴식 공간을 모두 갖추고도 여유가 있습니다. 혼자만의 삶을 선호하는 왕국민은 이 공간에서 온전히 자신에게 집중할 수 있습니다. 반면 공동체 생활을 원하는 이들은 여러 명이 함께 거주하는 공동 주택을 선택할 수 있습니다. 이 경우에도 침실·욕실·스터디룸·드레스룸 등은 개인 전용 공간으로 보장되며, 주방·거실·플레이룸·홈짐·홈바·홈시어터·수영장 등은 공유 공간을 사용합니다.

참조: AI 생성 TMK 주택 이미지

주택은 단층부터 최고 5층까지 다양하며, 동일한 디자인의 주택은 왕국 내 단 하나도 찾아보기 힘듭니다. 모든 주택은 내·외부가 각각 독창적인 개성을 지니고 있어, 왕국 전체가 하나의 거대한 건축 전시관처럼 느껴지기도 합니다. 왕국민은 원하는 주택을 자유롭게 선택할 수 있으나, 한곳에 거주하면 최소 10년은 머물러야 합니다. 만약 동일한 주택을 두고 경쟁이 발생할 경우, 개인이 축적한 성과와 인센티브 규모가 우선 순위를 결정하게 되고요.

또한 한 타운에서 최소 30년 이상 거주하면, 본인의 희망에 따라 다른 타운으로 이주할 수 있습니다. 예를 들어 Golden Beach Town에서 30년을 살았다면, 이후 Emerald Beach Town이나 Ocean Beach Town으로 삶의 무대를 옮겨 전혀 다른 환경과 분위기 속에서 새로운 장을 열 수 있습니다. 이러한 순환 구조는 삶의 단조로움을 방지하고, 1,000년에 이르는 긴 생을 끊임없이 새롭게 갱신하는 장치로 작동합니다.

결국 TMK의 통치 구조와 생활 제도는 통제보다 신뢰, 강제보다 선택, 고정된 질서보다 유연한 순환을 중심에 두고 설계되어 있습니다. Honour라는 단일한 중심축 위에서, 개인의 자유와 공동체의 조화가 균형을 이루는 것 ― 그것이 바로 TMK라는 왕국이 유지되는 근본 원리라 할 수 있겠습니다.

 기본적인 경제 시스템은 어떻게 운영되는가요?

TMK의 경제 시스템은 현대 자본주의와는 출발점부터 다릅니다. 사유 재산, 시장 경쟁, 이윤 추구, 세금과 같은 개념은 TMK의 일상에서 등장하지 않습니다. 이곳에서 경제 활동의 목적은 개인이 얼마나 많이 소유하느냐가 아니라, 공동체 전체가 얼마나 안정적이고 조화롭게 유지되는가에 맞춰져 있습니다.

TMK에서 토지와 건물, 주택을 포함한 모든 자원과 시설은 공공 소유입니다. 개인적으로 땅을 사고팔거나, 건물을 소유해 임대 수익을 얻는 일은 아예 존재하지 않습니다. 이러한 자원은 TMK 운영위원회가 계획적으로 조달하고 배분하며, 왕국민들은 필요에 따라 배정받아 사용합니다.

의식주 역시 개인 단위가 아닌 공동체 단위에서 안정적으로 충족됩니다. 식량은 항상 충분하고, 기본적인 생활에는 결핍이 없습니다. 동시에 개인의 취향과 욕구 역시 존중됩니다. 누군가는 소박한 식사를 선호하고, 누군가는 여건에 맞춰 레스토랑이나 특별한 공간에서의 식사를 가질 수도 있습니다. 중요한 것은 그 선택이 공동체의 질서를 해치지 않는다는 점입니다.

이러한 구조 때문에 TMK의 경제는 외형적으로는 사회주의적 요소를 띠고 있는 것처럼 보일 수 있습니다. 그러나 결정적인 차이가 있습니다. TMK에는 강제도, 부족도, 불신도 없습니다. 풍요와 신뢰가 전제된 상태에서 운영되는 체제라는 점에서, 기존의 어떤 경제 모델과도 명확히 구별된다 하겠습니다.

이 시스템이 가능한 가장 근본적인 이유는 단순합니다. TMK는 왕정 체제를 기반으로 하며, 모든 재정적 책임은 Honour가 전적으로 부담하기에 그렇습니다. 왕국의 유지와 운영을 위해 이윤을 창출할 필요도, 시장 경쟁을 촉진할 이유도 없지요. TMK에서 경제는 생존을 위한 투쟁이 아니라, 삶을 안정적으로 떠받치는 바탕으로만 기능합니다.

TMK의 경제 운영은 크게 자급자족과 외부 조달이라는 두 축으로 나뉩니다. 곡식, 과일, 채소와 같은 주요 식량은 영내에서 직접 재배·생산합니다. 일부 농산물은 자체 가공 시설을 통해 저장과 가공이 이루어지며, 대규모 저장 시설 덕분에 계절과 기후에 따른 식량 불안은 거의 없다 하겠습니다.

반면 해산물과 육류, 의류, 장신구, 각종 공산품과 시설 유지에 필요한 장비 등은 외부 세계에서 조달하지요. 다만 이 과정에서도 품질과 안전, 그리고 윤리성은 철저히 검증됩니다. 값이 싸다는 이유만으로 선택되는 물품은 없으며, 왕국민의 건강과 환경에 해가 될 가능성이 있는 요소는 철저하게 배제됩니다.

그래서 TMK 영내에는 매연을 뿜는 공장도, 소음과 폐수를 유발하는 시설도 존재하지 않습니다. 왕국민들이 창문을 열면 들리는 것은 기계음이 아니라 바람과 파도, 새들의 노랫소리입니다. 환경 훼손은 오직 '영토 확장'이라는 불가피한 목적이 있을 때에만 극히 제한적으로 고려될 뿐입니다.

TMK의 화폐 시스템은 현대의 전자 화폐와 유사한 포인트(POINTS) 제도를 기반으로 합니다. 왕국민 1인당 매월 100,000P, 연간 1,200,000P가 지급되며, 이는 의식주부터 학습, 관광, 자기계발, 여가까지 생활 전반에 사용됩니다. 30,000명의 왕국민에게 지급되는 연간 포인트 총액은 360억P이며, 여기에 시설 유지, 영토 확장, 인센티브 등을 포함해 TMK의 연간 재정 규모는 약 600억P 수준으로 운영됩니다. 이 모든 재정은 Honour의 자산에서 충당되며, 상황에 따라 유연하게 조정됩니다.

특히 주목할 점은, TMK에서는 1,000년 동안 포인트의 가치가 거의 변하지 않는다는 사실입니다. 물가 상승이나 하락이라는 개념 자체가 존재하지 않습니다. 이로 인해 왕국민들은 소비와 계획을 세우는 데 불안이 없고요. 미래를 대비해 과도하게 움켜쥘 필요도, 지금 쓰지 않으면 손해라는 조급함도 느끼지 않습니다.

한편 TMK의 경제에서 개인의 자산 증식이나 소유 확대는 별 의미를 갖지 않습니다. 더 나은 주거, 더 높은 생활 레벨, 특별한 경험을 위한 포인트 적립은 가능하지만, 자산 매매는 철저히 금지됩니다. 허용되는 것은 물물교환, 대여, 기부뿐입니다. 이는 사적 이익이 개입될 여지를 없애 공동체의 신뢰를 지키기 위한 장치라 이해하면 됩니다.

포인트의 대여나 기부는 개인 자산의 50% 이내에서 가능하지만, 이

자나 보상은 없습니다. 이는 지금 세계의 기준으로 보면 비효율적이고 비합리적으로 보일 수 있겠지요. 그러나 TMK에서는 생활 포인트와 업적에 따른 인센티브가 공적 시스템을 통해 지급되므로, 사적 이윤이라는 개념 자체가 성립하지 않습니다. 노동 없이 얻는 불로소득은 TMK의 질서를 흐리는 요소로 간주되어 아예 배제됩니다.

결국 TMK의 경제는 자급과 조달이라는 두 축 위에, 포인트 제도를 통해 절대적 안정성과 지속 가능성을 확보한 독자적인 체제라 할 수 있습니다. 그것은 성장과 경쟁을 전제로 한 경제가 아니라, 유지와 조화를 전제로 한 경제입니다.

마치 천 년의 시간 위에 흔들림 없이 떠 있는 하나의 섬처럼, TMK의 경제는 수많은 변동과 위기를 겪는 외부 세계와는 전혀 다른 궤적을 따라 존재합니다. 그리고 그 고요한 안정 속에서, 왕국민들은 내일을 두려워하지 않는 삶을 살아갑니다.

당연히 누구나 한 번쯤은 궁금해할 만한 부분입니다.

TMK의 화폐라 할 수 있는 포인트(P)가 지금 우리가 사는 세계의 돈과 비교하면 어느 정도의 가치인지, 막연하게라도 가늠해 보고 싶어지기 마련이니까요.

이해를 돕기 위해 단순 환산을 해보자면, 현재(2026년 기준) 100P는 미화 약 2달러 정도에 해당합니다. 이 기준을 적용하면, 매달 왕국민 1인당 기본 지급되는 100,000P는 약 2,000달러, 원화로는 대략 280만~300만 원 수준이 됩니다. 숫자로만 보면 꽤 현실적인 생활비처럼 느껴질지도 모르겠습니다.

하지만 TMK의 포인트 가치를 지금 세계의 화폐와 액면 그대로 비교하는 데에는 분명한 한계가 있습니다. TMK의 물가는 사실상 고정되어 있고, 급격한 인플레이션이나 경기 변동이 존재하지 않기 때문입니다. 물건과 서비스의 품질과 효용 가치는 지금 세계의 선진국 평균 수준을 안정적으로 유지하며, '비싸다', '싸다'는 개념보다는 선택의 폭이 넓어지는 구조에 가깝다고 할 수 있지요.

왕국민들은 매달 지급받은 100,000P를 기준으로 각자의 생활을 설계합니다. 보통은 의식주에 약 40,000P, 자기 계발이나 목표 활동에 30,000P, 그리고 취미·여가·교통비로 25,000P 정도를 사용합니다. 남는 포인트는 자연스럽게 적립하고요. 이 정도의 지출 구조가 TMK에서 말하는 '기본형(Standard)' 생활입니다.

이를테면 Emerald Beach Town에 거주하는 한 왕국민을 떠올려 볼 수 있겠습니다. 아침에는 타운 내 푸드 코트에서 100P짜리 식사로 하루를 시작하고, 낮에는 공공 교통망을 이용해 목표 활동 공간으로 이동합니다. 저녁에는 간단한 취미 수업이나 운동을 즐긴 뒤 집으로 돌아오지요. 화려하진 않지만, 불편함도 없고 결핍도 없는 하루입니다. 100,000P만으로도 한 달을 안정적으로 살아갈 수 있는 표준적인 삶, 바로 그것이 기본형의 핵심입니다.

물론 TMK에는 이 기본형 외에도 프리미엄(Premium)과 프레스티지(Prestige)라는 업그레이드된 생활 유형이 존재합니다. 프리미엄형은 월평균 120,000~150,000P, 프레스티지형은 170,000~200,000P 정도의 지출이 필요합니다. 기본 지급 포인트만으로는 충당하기 어렵기에, 왕국민들은 목표 활동을 통해 성과를 내고 인센티브를 확보하려는 노력을 기울이게 됩니다.

의식주 역시 단일한 수준이 아닌 '레벨'로 나뉘어 있습니다. 예를 들어 식사의 경우, 타운 내 푸드 코트에서는 한 끼에 100P면 충분하지만, 일반 레스토랑은 150~200P가 필요합니다. 호텔급 레스토랑은 그보다 더 높은 포인트가 요구되고요. 특히 TMK Grand Bridge 위에 자리한 BR(Bridge Restaurant)이나, TMK Tower의 스카이 라운지에서 즐기는 식사는 단지 '식사'라기보다 하나의 '경험'에 가깝습니다. 아름다운 뷰를 감상하며 보내는 한 끼는, 자연히 더 많은 포인트를 요구하게 되지요.

주거 환경도 마찬가지입니다. 기본형 주택은 실용적이고 안정적인 공간을 제공하지만, 전망이 탁 트인 주거지나 디자인과 인테리어가 강화된 주택을 선택할수록 임차료와 관리비는 올라갑니다. 여기에 TMK를 벗어나 국외로 여행을 떠나려 한다면, 특히 크루즈(Cruise)를 이용할 경우 상당한 포인트 적립이 필요합니다. 크루즈에서 상당 기간 보내는 여행은, 그만큼의 준비와 성과를 요구하는 선택이니까요.

이렇듯 TMK에서 왕국민들이 각자의 퍼포먼스 향상에 힘을 쏟는 가장 큰 이유는 분명합니다. 퍼포먼스에 따라 지급되는 인센티브가 삶의 선택지를 넓혀 주는 핵심 자원이 되기 때문입니다. 더 좋은 공간, 더 깊은 경험, 더 넓은 세상을 누릴 수 있는 열쇠가 바로 포인트이기 때문이지요.

그렇다고 해서 모든 왕국민이 포인트 축적에 집착하는 것은 아닙니다. 기본형 생활만으로도 이미 '충분히 만족스러운 삶'이 보장되기 때문에, 무리하게 상위 등급을 추구하기보다는 자신의 성향과 가치에 맞는 삶을 선택하는 이들도 많습니다. 누군가는 프레스티지의 화려함을 꿈꾸고, 누군가는 기본형의 안정과 여유를 소중히 여깁니다.

결국 TMK에서 포인트란 경쟁을 부추기는 도구라기보다, 각자의 삶의 깊이와 폭을 조율할 수 있도록 돕는 유연한 수단이라 할 수 있겠습

니다. 얼마나 많이 가지느냐보다, 어떻게 쓰고 어떤 삶을 선택하느냐
가 더 중요한 곳 — 그것이 바로 TMK의 포인트 시스템이 지닌 본질입
니다.

재정은 어느 시대, 어느 국가를 막론하고 사회를 지탱하는 가장 핵심적인 요체이자 토대이지요. 아무리 이상적인 제도와 고결한 가치가 존재한다 해도, 그것을 떠받칠 재정적 기반이 무너지면 그 체제는 오래 버티지 못합니다.

이런 관점에서 TMK를 바라보면, 그 존속 자체가 기이하게 느껴질 수 있습니다. TMK에서는 왕국민도, 서번트들도 재화 창출을 위한 생산 활동을 하지 않습니다. 공장이 돌아가지도 않고, 무역선이 항구를 오가며 부를 쌓지도 않습니다. 땅속에서 석유나 가스가 솟아나는 것도 아니고, 광맥이 끝없이 이어지는 광산이 있는 것도 아닙니다. 동화 속처럼 왕궁 깊숙한 곳에 금은보화가 산처럼 쌓인 보물창고가 존재하는 것도 아니지요.

그럼에도 불구하고 TMK는 천 년이라는 시간 동안 단 한 차례의 재정 위기를 겪지 않습니다. 물가가 흔들리거나, 포인트 지급이 중단되거나, 체제가 균열을 보이는 경우가 없다 하겠습니다. 그 이유는 단 하나, TMK의 재정은 전적으로 Honour가 책임지고 있기 때문입니다.

Honour에게 재정은 TMK의 시초와 함께 부여된, 독점적이자 본질적인 미션(Mission)에 가깝습니다. 다시 말해, TMK의 재정은 여러 주체가 나누어 책임지는 영역이 아니라, 처음부터 Honour라는 존재 하나에 의해 설계되고 유지되도록 만들어진 구조인 셈입니다.

이를 현대적인 비유로 설명해 보자면 이렇습니다. 어느 국가가 있다고 가정해 보죠. 그 국가는 세금을 걷지도 않고, 국채를 발행하지도 않습니다. 그런데도 매년 막대한 예산이 안정적으로 집행됩니다. 그 이유는 단 하나, 그 국가 전체를 책임지는 한 존재가 수천억 달러, 아니 그 이상의 자산을 영구적으로 보유하고 있으며, 그 자산을 사적인 욕망이 아닌 공공의 질서를 위해서만 사용하기 때문입니다. Honour는 바로 그런 존재에 비견될 수 있습니다.

물론 Honour의 재정 규모가 정확히 얼마인지, 그 자산이 어디에서 비롯되었는지는 알려져 있지 않습니다. 하지만 그것은 '비밀'이라기보다 아예 질문의 대상이 되지 않는, 다시 말해 논외의 영역이라 하겠습니다. TMK에서는 Honour의 재정이 설명되거나 검증되어야 할 대상이 아니라, 처음부터 전제된 하나의 질서이기 때문입니다.

더 흥미로운 점은, 왕국민들이 Honour의 재정 상태에 거의 관심을 두지 않는다는 사실입니다. "재정은 괜찮은가?", "언제까지 유지될 수 있는가?"와 같은 질문은 TMK에서 거의 등장하지 않습니다. 마치 내일도 해가 떠오를지를 걱정하지 않는 것과 비슷합니다. 그것은 단순한 믿음이라기보다 절대적 확신에 가까운 인식입니다.

그러기에 TMK에서 Honour에 대한 존경과 충성은 자발적으로 형성됩니다. 모든 왕국민들은 Honour에게 '복종'한다기 보다, 그의 질서 안에서 안심하고 살아가는 겁니다.

결국 TMK의 재정이란, 숫자로 계산되는 자산의 총합이 아닙니다. 그것은 Honour라는 존재가 내재적으로 지닌 통찰, 책임감, 절제, 그리고 절대적 능력에서 비롯된 '절대적 안정성'이라 할 수 있습니다. TMK의 천 년은 통화와 경제가 지탱하는 시간이 아니라, Honour라는 존재가 흔들림 없이 '리더십'을 펼쳐 가는 시간입니다.

다시 말해, TMK는 돈이 질서를 만든 나라가 아니라, 질서가 돈의 의미를 규정하는 나라이며, 그 질서의 중심에는 언제나 Honour가 서 있습니다.

 # TMK의 교통 시스템이나 이동 수단도 매우 궁금합니다.

기본적으로 TMK 내 교통 수단은 현대 사회에서 볼 수 있는 대부분의 육상, 해상, 공중 이동 수단을 그대로 활용합니다.

전체 면적이 160㎢로, 지금의 도시 하나 규모에 불과하기 때문에 타운 간 이동에 소요되는 시간은 그리 오래 걸리지 않습니다.

예를 들어 TMK의 가장 동쪽에 위치한 Emerald Beach Town에서 서쪽 끝에 있는 Ocean Beach Town과는 약 40㎞로 자동차나 전철을 이용하면 30~60분 정도면 충분히 도달할 수 있습니다. 하늘을 나는 드론을 타고 빠르게 이동하면 타운 내 어느 곳이든 약 20분 안팎이면 도착이 가능하고요.

왕국민들의 생활 대부분은 자신이 거주하는 타운 내에서 이루어지므로, 가로세로 10㎞ 내외의 타운 면적을 고려하면 타운 내 이동은 탈 것을 이용할 경우 20분 이내에 어느 곳이든 도달할 수 있습니다.

육상 이동 수단으로는 전동 킥보드, 자전거, (전기)오토바이, 자동차, 버스, 전철(철도) 등이 있습니다. 소음과 매연, 분진 등 환경 오염을 최소화를 위해 자전거를 제외한 모든 이동 수단은 전기를 동력원으로 사용합니다.

빠른 이동이 필요할 경우, 반경 5㎞ 내외에서는 대부분 자전거나 오토바이, 셔틀버스를 주로 이용하며, 1㎞ 내외 가까운 거리는 전동 킥보드 이용을 권장하지요.

자동차는 주로 타운 간 이동할 경우나 TMK Mountain, 호수, 산장, 캠핑장 등 타운 외곽으로 나갈 때 사용하며, 타운 간 이동은 전철이나 버스가 일반적입니다.

전철은 타운 전체를 연결하는 대규모 운송 수단으로, 양 끝에 위치한 Emerald Beach Town과 Ocean Beach Town에 차량 기지창을 두고 40㎞ 구간이 복선으로 개설돼 있습니다. 각 타운마다 3개의 역을 두고 있으며, Honour Town에도 PS(Palace Station), SS(Stadium Station), SLZS(Sea Leports Zone Station) 등 3개의 주요 역이 설치되어 있지요.

TMK에서는 사실상 시간의 제약과 한계가 없으므로, 특별한 경우가 아니면 타운 내 이동은 대부분 도보가 보편적입니다.

이동 수단을 이용할 경우 타운 내 속도는 시속 50㎞ 이내, 타운 간 이동 시 최고 속도는 시속 100㎞ 이내로 제한하고 있습니다. '시간의 자유'를 향유하는 데 있어서 속도의 개념은 중요치 않기 때문에 이러한 제한 규정을 두고 있다고 보면 됩니다.

해상 이동 수단으로는 보트, 요트, 페리(Ferry), 크루즈(Cruise) 등이 있습니다. 보트, 요트는 10명 이내 소규모 그룹이 HoS, HoL, TEP에 가거나 해양 레포츠 활동을 즐길 때 사용됩니다. 30명 이상의 그룹이 움직일 때는 최대 승선 300명까지 탑승 가능한 페리를 이용하고, TMK를 벗어나 국외 여행을 떠날 때는 크루즈가 활용됩니다.

참조: AI 생성 스마트 플라이(Smart Fly) 이미지

공중을 오가는 이동 수단으로는 '스마트 플라이(Smart Fly)'라 불리는 드론이 유일합니다. 타운 면적이 그리 넓지 않아 비행기는 필요치 않으며, 소음이 큰 헬리콥터 대신 거의 소음이 없고 친환경적인 스마트 플라이가 빠른 이동이 필요할 때 이용됩니다.

최고 시속 150㎞, 최대 항속 2시간을 자랑하는 스마트 플라이는 총

20대가 구비되어 있으며, Honour Town을 포함한 각 타운별로 5대씩 배치되어 있습니다. 스마트 플라이는 8명까지 탑승 가능한 최첨단 5개 기종으로, 왕국민들에게 큰 사랑을 받으며 하늘을 나는 즐거움과 시간을 단축하는 효율을 동시에 선사합니다.

수십, 수백 년에 걸친 TMK 영토 확장이 이루어질 경우, 필요에 따라 헬리콥터, 비행기, 기차 등 장거리 운송 수단이 도입될 수도 있을 겁니다.

모든 이동 수단은 개인 소유가 아닌 TMK의 공유 자산으로, 왕국민 누구나 자유롭게 이용할 수 있습니다. 이용 요금은 각자의 포인트로 지불하며, 다만 스마트 플라이를 이용할 경우에는 각 타운 운영위원회의 사전 승인을 받아야 탑승할 수 있고요.

이처럼 TMK의 교통은 단순한 이동을 넘어, 왕국민들에게 시간과 공간의 자유를 선사하는 동시에, 생활 속 편리함과 즐거움을 함께 안겨 준다고 할 수 있습니다.

 TMK에는 어떠한 상징물들이 있습니까? 지금부터는 TMK를 구성하고 있는 상징물과 주요 시설에 대해 구체적으로 하나하나 설명해 주시죠. 먼저 가장 관심이 가는 곳, 바로 Honour가 사는 공간이라 하겠는데, 어떤 모습을 하고 있습니까?

Honour는 TMK의 상징 그 자체이며, 그가 거주하는 공간인 TMK Palace는 Honour's Palace 혹은 Royal Palace라 불립니다. 이름 그대로 궁전의 위엄을 온전히 갖춘, TMK를 대표하는 상징물이자 왕국의 중심축 역할을 합니다.

Palace는 Honour Town의 정중앙에 자리하며, 좌측에는 Flower Garden과 Fruits Farm이, 우측에는 TMK Royal Golf Club이 조화롭게 배치돼 자연과 문화, 레저가 균형을 이루는 입지를 자랑합니다. 정면으로는 Music Auditorium, MTC & Mall, MD Center가 차례로 들어서 있고, Palace를 기준으로 약 2㎞ 전방에는 TMK Grand Bridge와 그 오른편의 TMK Tower가 한눈에 들어와 장대한 도시의 스케일을 실감케 합니다.

참조: AI 생성 TMK Palace 전경 이미지

TMK Palace는 궁전 혹은 캐슬 형태의 지하 2층, 지상 5층 규모 석조 건축물로, 대리석과 화강암이 내·외관을 장엄하게 장식하고 있습니다. 내부로 들어서면 화려한 샹들리에 조명과 정교한 벽화, 세밀한 조각품들이 어우러져 왕궁으로서 손색없는 품격을 드러내고요. 그 웅장함과 장식미는 프랑스의 베르사이유 궁전이나 튀르키예의 돌마바흐체 궁전을 연상시킬 만큼 압도적인 인상으로 다가옵니다.

참조: AI 생성 TMK Auditorium Hall 이미지

건물의 크기는 가로 120m, 세로 100m, 지상 높이 35m로 각 층의 높이가 약 7m에 달해 전체 규모는 일반 아파트 15층 높이에 버금갑니다. 층간 이동은 계단과 엘리베이터를 통해 이루어지며, Honour만을 위한 전용 엘리베이터가 별도로 마련돼 보안과 동선의 효율성을 동시에 확보하고 있습니다.

TMK Palace의 지상 1~3층 중앙에는 오디토리움 홀(Auditorium Hall)이 자리해 각종 공연과 공식 행사가 열립니다. 4층과 5층은 하나의 대형 공간으로 구성된 리셉션 홀과 500석 규모의 공연장이 마련돼 있어 연회, 축하 행사, 왕국의 주요 의식이 수시로 진행되고요.

천장 높이 21m의 오디토리움 홀은 3,000석 규모의 타원형 극장식 좌석을 갖추고 있으며, 영화·연극·콘서트·마술·강연·서커스·뮤지컬·오페라 등 다채로운 장르의 공연이 격주로 개최됩니다. 매회 관람석은 거의 만석을 이루며, Honour 또한 특별한 일정이 없을 때면 이곳에서 왕국민들과 어울려 즐거운 시간을 함께합니다.

참조: AI 생성 TMK Place 내 갤러리 이미지

오디토리움 홀을 둘러싼 복도는 폭 5m로 설계돼 여유로운 동선을 제공하며, 좌우 측면과 후면에는 부속 공간이 연결됩니다. 부속 공간은 좌측면 가로 100m×세로 25m, 후면 가로 75m×세로 20m 규모로 다양한 기능을 수용합니다.

지상 1층 부속 공간에는 갤러리가 조성돼 Honour와 왕국민들의 창작물을 비롯한 회화, 조각, 조형물 등이 전시됩니다. 박물관 형태의 이 공간은 Palace를 찾는 이들이 잠시 머물며 사색과 휴식을 즐기는 장소로 활용되기도 하고요.

2층 부속 공간에는 대형 도서관을 중심으로 카페와 다이닝 코너가 자리합니다. 수만 권의 도서와 전자책, 오디오북을 갖춘 도서관은 지식과 지혜를 탐구하는 장으로 기능하며, '노이지 프라자(Noisy Plaza)'라 불리는 토론 공간에서는 자유로운 의견 교환과 열띤 토론 배틀이 벌어지기도 합니다.

3층은 Honour 전용 공간으로 집무실과 접견실을 비롯해 침실, 사우나룸, 헬스룸, 호비룸, 플레이룸, 드레스룸, 비서룸 등이 체계적으로 배치돼 있습니다. 4층 부속 공간에는 귀빈을 위한 게스트룸과 다양한 편의 시설이 마련돼 있고, 5층 부속 공간에는 저장고(Storage), 키친룸, 그리고 상주 서번트들의 숙소와 휴게 시설이 자리합니다.

Palace 옥상에는 미니 풀장과 카페가 조성돼 있어 Honour가 초대된 특별 게스트와 함께 내밀한 시간을 보내는 시크릿 플레이스로 활용됩니다. 특히 이곳에서 TMK Grand Bridge 위로 달이 떠오르는 밤바다를 바라보면, 대교의 조명과 바다 위에 반사된 달빛이 어우러진 환상적인 광경을 마주하게 되지요.

지하층에는 전기·설비·냉난방을 관리하는 컨트롤룸이 지하 2층에 자리하며, 지하 1층의 대부분은 갤러리 전시품을 보관하는 수장고로 사용됩니다. 지하 1층 전면부 일부는 지상 1층과 연결돼 오디토리움홀의 공연 무대로 활용됩니다.

또한 Palace 뒤편에는 Honour를 보좌하는 동거 비서들이 거주하는 공간인 '후원(後園)'이 아름다운 정원 속에 조성돼 있으며, Palace 3층과 브릿지 형태로 연결된 이 공간은 BP(Behind Palace)라 불립니다. 이곳에는 동거 비서 90명이 생활하는 데 필요한 모든 시설이 완비돼 있으며, 일반 왕국민의 출입은 제한됩니다.

TMK Palace에는 시설 운영과 공연, 연회를 담당하는 총 200명의 서번트가 상시 근무하며, 궁전의 품격과 기능을 안정적으로 유지하도록 합니다.

Q-16 **TMK의 랜드마크라고 하는 TMK Grand Bridge는 어떤 모습인가요?**

TMK를 대표하는 랜드마크이자 상징물인 TMK Grand Bridge는 Royal Palace와 함께 왕국의 위상과 정체성을 가장 또렷하게 드러내는 핵심 구조물입니다. 이 웅장한 대교는 Honour Town 전면에 펼쳐진 바다를 동서로 가로지르며 놓여 있어, 바다와 도시, 그리고 왕국 전체를 하나의 장대한 풍경으로 묶어냅니다.

다리의 왼쪽 끝은 Honour Town 동쪽의 Flower Garden 인근에서 시작되며, 총연장 약 5㎞에 달하는 거대한 규모를 자랑합니다. 오른쪽 끝은 Golden Beach Town과 자연스럽게 이어져, 두 도시를 잇는 동시에 왕국의 주요 축선을 형성하는 상징적인 통로 역할을 합니다. 이 다리를 오가는 순간, 왕국민들은 물리적인 이동을 넘어 TMK의 중심을 통과하고 있다는 감각을 느끼게 됩니다.

다리의 형태는 미국 샌프란시스코의 금문교와 한국 부산의 광안대교를 연상시키는 현수교 구조로, 바다 위에 커다란 아치처럼 걸린 실루엣 자체만으로도 압도적인 장관을 이룹니다. 낮에는 햇빛과 바다의 색을 고스란히 받아 맑고 단정한 선을 드러내고, 해질 무렵에는 주홍 빛 노을을 배경 삼아 거대한 조형물처럼 서서히 모습을 바꿉니다.

참조: AI 생성 TMK Grand Bridge 이미지

특히 이 대교가 이색적인 이유는 중앙부에 카페와 레스토랑이 서로 마주 보고 배치된 독특한 공간 구조 덕분입니다. 카페는 BC(Bridge Cafe), 레스토랑은 BR(Bridge Restaurant)이라 불리며, Honour Town과 Golden Beach Town을 동시에 조망할 수 있는 파노라마 뷰가 한 폭의 그림처럼 펼쳐져 왕국민들의 사랑을 받는 대표적인 핫 플레이스 중 하나라 하겠습니다.

참조: AI 생성 TMK Grand Bridge 내 브릿지 카페 이미지

두 시설 모두 유리 돔 형태로 지어졌고, 일부 바닥은 투명 유리로 설치돼 발아래 약 100m의 바다 수면이 그대로 내려다보입니다. 마치 공중에 떠 있는 듯한 짜릿한 스릴은 이곳만의 매력으로, 방문객들은 잠시나마 중력에서 벗어난 듯한 특별한 감각을 경험하게 됩니다.

BC와 BR은 모두 예약제로 운영되며, 특히 BR은 최소 6개월 전에 예약해야 할 정도로 인기가 높습니다. BC는 10개 테이블을 기준으로 하루 4타임 운영되고, BR은 총 7개 테이블에서 점심과 저녁 각각 한 팀씩만을 받는 극히 제한적인 방식으로 품격을 유지합니다.

밤이 되면 TMK Grand Bridge는 또 다른 얼굴을 드러냅니다. 형형색색의 네온사인과 레이저 조명이 교각을 따라 흐르고, 거대한 빛의 파도가 바다 위에 반사되며 환상적인 야경을 완성합니다. 매년 가을

한 차례 열리는 불꽃 축제는 이 다리를 무대로 펼쳐지는 왕국 최대의 이벤트로, 온 왕국민이 밤하늘과 밤바다를 수놓는 황홀한 순간을 함께 나눕니다.

특히 **TMK Grand Bridge**와 가장 가까운 곳에 자리한 HoS(House on the Sea)에서 불꽃 축제를 감상하는 경험은 그야말로 특권 중의 특권입니다. 초대받은 이들만이 들어갈 수 있는 이 공간에서 Honour와 함께 식사를 즐기며 불꽃을 바라보는 순간은, 왕국민 누구나 한 번쯤 꿈꾸는 최고의 호사가 아닐 수 없지요.

TMK Grand Bridge에는 대교의 유지·관리와 BC, BR의 운영을 책임지는 총 50명의 서번트가 상시 근무하며, 이 상징적인 공간의 품격과 안전을 지켜 가고 있습니다.

참조: AI 생성 TMK Grand Bridge 불꽃 축제 이미지

Q-17 **TMK의 또 하나의 랜드마크라고 하는 TMK Tower에 대해서도 알고 싶습니다.**

TMK에는 TMK Grand Bridge와 더불어 왕국을 상징하는 또 하나의 대표적인 랜드마크라 할 수 있는 명물, TMK Tower가 있습니다.

Golden Beach Town과 SLZ(Sea Leports Zone)의 경계에 우뚝 선 이 타워는 높이 250m에 이르는 금속과 유리의 혼합 구조물로, 프랑스 파리의 에펠탑과 일본 도쿄의 스카이트리를 연상시키는 우아한 철골 미학을 한껏 자랑합니다.

낮에는 햇빛을 받아 반짝이는 조형미로 시선을 사로잡고, 밤이 되면 은은한 조명과 함께 TMK의 밤하늘을 장식하며 또 다른 얼굴을 보여 주지요.

TMK Tower는 단순한 전망 시설을 넘어, TMK 전역의 타운을 한눈에 내려다볼 수 있는 최고의 조망 포인트로 손꼽힙니다. 이 때문에 왕국민들은 물론, TMK를 찾는 외부 게스트들까지 반드시 한 번은 방문하고 싶어 하는 대표적인 핫 플레이스입니다.

참조: AI 생성 TMK Tower 이미지

타워 꼭대기에는 스카이 라운지(Sky Lounge)가 자리하고 있습니다.
이곳의 레스토랑과 티 라운지에서는 **TMK**의 전경을 발아래 두고 식사
나 차를 즐길 수 있어, 일상 속에서 누릴 수 있는 가장 확실한 행복, 이
른바 '확행(確幸)'의 공간으로 사랑받습니다. 단순히 미팅의 공간이 아

니라, 풍경과 감성, 여유가 함께 어우러지는 특별한 경험을 선사하는 장소인 셈이지요.

참조: AI 생성 TMK Tower 스카이 라운지 이미지

스카이 라운지에서 약 9㎞ 전방 왼편을 바라보면 에메랄드빛 바다에 둘러싸인 EBT(Emerald Beach Town)가 한 폭의 그림처럼 펼쳐지고, 오른편에는 S자 형태의 능선과 해변이 조화를 이루는 OBT(Ocean Breeze Town)의 풍경이 시야를 가득 채웁니다. 정면으로 눈을 돌리면 대양의 수평선 너머 약 5㎞ 지점에 '비밀의 낙원'이라 불리는 에덴

동산(TEP)이 아담하면서도 신비로운 자태로 모습을 드러내고요.

후면으로는 TMK Grand Bridge를 포함한 Golden Beach Town 전경과 함께 Honour Town의 주요 시설들인 TMK Palace, TMK Stadium, TMK Royal Golf Club 등이 파노라마처럼 이어져, 이곳이 왜 TMK 최고의 뷰 포인트로 꼽히는지 단번에 이해하게 만듭니다. 이처럼 사방으로 펼쳐지는 압도적인 풍경 덕분에, TMK Tower는 외부 게스트가 왕국을 방문할 경우 반드시 들르는 필수 코스라 하겠습니다.

높이 250m의 TMK Tower는 지름 약 35m의 원형 구조로 설계되어 있으며, 내부에는 정상까지 이어지는 총 1,004개의 계단이 마련돼 있습니다. 매년 한 차례 이 계단을 완주하는 '1004 챌린지(Challenge)'가 열리는데, 이는 체력과 도전을 즐기는 왕국민들에게 하나의 축제처럼 큰 관심과 참여를 이끌어 냅니다. 완주 후 정상에서 내려다보는 풍경은 그 자체로 무엇과도 바꿀 수 없는 값진 보상이 되지요.

TMK Tower 상단부에는 전망대와 스카이 라운지가 자리하고, 하단부에는 TMK를 상징하는 굿즈와 캐릭터 상품, 기념품 등을 판매하는 기프트숍이 마련돼 있어 방문객들에게 다양한 즐길 거리와 추억을 제공합니다.

TMK Tower의 운영과 서비스 전반은 총 30명의 서번트들이 담당하며, 이들은 시설 관리부터 방문객 응대까지 세심하게 챙겨 언제나 최상의 상태를 유지하도록 힘쓰고 있습니다.

이처럼 TMK Tower는 단순한 구조물이 아니라, TMK의 공간적 아름다움과 삶의 여유, 그리고 왕국이 지향하는 품격과 철학을 고스란히 담아낸, 살아 숨 쉬는 상징적 랜드마크라 할 수 있지요.

 TMK MD Center는 어떤 곳이며, 무슨 기능을 수행하는가요?

TMK에는 왕국 운영 전반을 총괄하며, 왕국민에게 필요한 모든 규정과 제도를 설계하고 이끌어 가는 싱크탱크이자 컨트롤 타워라 할 수 있는 TMK MD Center가 있습니다.

즉 관리(Management), 미디어(Media), 데이터(Data), 개발(Development)의 네 가지 핵심 기능을 맡는 MD Center는 TMK 운영 체계뿐만 아니라 왕국민 개개인의 삶을 설계하고 관리하는 중추 기관입니다. 또한 왕국민들의 삶의 질을 더욱 향상시키기 위해 다양한 연구·분석을 수행하며, 최적의 솔루션과 서비스를 제공합니다.

각 타운에서 선발된 최고의 연구진과 전문가들이 모여 근무하는 이곳은 TMK의 실질적인 헤드쿼터라 할 수 있으며, 왕국의 주요 결정은 대부분 이곳에서 이루어집니다.

먼저 〈Management 파트〉는 TMK 왕국민 개개인의 일상과 인생 여정을 관리하는 역할을 맡습니다. 매일·매주·매년 어떤 목표를 설정하고, 어떠한 리듬과 방향성을 갖고 살아갈 것인지에 대한 모든 과정을 체계적으로 매니지하고 코칭을 지원합니다. 개인의 의지와 계획을 반영한 맞춤형 라이프 로드맵을 구축하도록 돕는, 말 그대로 '인생 설계자(Life Planner)' 역할을 하는 셈이죠.

〈Media 파트〉는 TMK의 모든 커뮤니케이션을 총괄하는 조직으로, 오디오·비디오 제작부터 취재, 편집, 제작, 송출까지 담당하는 종합 미디어 기관입니다. TMK에서 일어나는 데일리 뉴스를 비롯하여 Honour 동정, 주요 이벤트 및 스포츠 경기 중계, 공연 방송, 프로그램 기획 및 제작 등 방송국의 기능을 모두 수행합니다. 또한 신문·잡지·브로셔 등 인쇄 기반 매체의 제작과 배포도 이곳에서 맡고 있지요.

〈Media 파트〉는 MD Center 바로 옆에 영상 제작에 필요한 스튜디오와 세트장을 비롯 인쇄 시설을 갖춘 별도의 부속 건물을 두고 있습니다.

〈Data 파트〉는 30,000명에 이르는 TMK 왕국민의 모든 데이터를 수집하고 분석합니다. 신체 정보, 활동 기록, 재정(POINTS) 현황, 커리어 레코드 등을 통합하여 방대한 데이터베이스를 구축하고, 이 같은 DB를 〈Management 파트〉와 연계하여 각 개인의 삶의 질을 한 단계 더 업그레이드 할 수 있는 맞춤형 솔루션을 제공합니다. TMK의 '지능형 두뇌' 역할을 맡고 있다고 할 수 있지요.

그런가 하면 〈Development 파트〉는 TMK의 각종 인프라를 설계·관리하고, 시설 운영의 개선 방안을 연구하여 왕국민들이 더 높은 수준의 편의와 복지를 누릴 수 있도록 돕습니다. Honour Town에서 열리는 행사나 공연의 기획은 물론, 주요 정책 입안과 제도·규정의 제정·개정 역시 이들의 몫입니다.

또한 TMK의 중요한 미션 중 하나인 영토 확장 프로젝트를 수행하는 LPTF(Land Plus Task Force) 운영도 〈Development 파트〉의 소관입니다. TMK의 미래를 개척하는 실무 중심 조직이라 할 수 있지요.

참조: AI 생성 TMK MD Center 이미지

독특한 외관을 자랑하는 7층 규모의 **TMK MD Center**는 각 파트가 층별로 배치돼 운영됩니다. 1층 Media, 2층 Data, 3층 Management, 4층 Development 파트가 각각 자리 잡고 있습니다.

5층에는 TMK 운영위원회 기능을 수행하는 매니저 그룹이 근무하는 Manager 플로어가 들어서 있고요. 6층에는 왕국민들의 목표 활동을 통해 생성되는 유·무형의 결과물들을 보관하는 '성과 은행(Achievement Bank)'이 위치합니다. 최상층인 7층은 왕국의 역사와 영예를 기록하는 '명예의 전당(Hall of Fame)'으로 꾸며져 있어, **TMK**의 정신과 문화를 상징하는 공간이리 할 수 있습니다.

한편 **MD Center** 5층에 자리 잡은 Honour 직속 기관인 TMK 운영위원회(TMK Commission)는 Honour가 각 타운별로 지정한 세 명의 매니저가 그룹을 형성, 총 9명의 매니저가 **TMK** 운영의 핵심을 담당합니다.

TMK 운영위원회는 **MD Center**의 전반적인 운영을 통할(統轄)하며, **TMK** 내에서 발생하는 주요 이슈와 의제에 대한 심사와 결정을 주관합니다. 아울러 **TMK**에서 일하는 모든 서번트에 대한 관리 역시 이들의 주요 업무에 포함됩니다.

TMK 운영위원회는 매주 한 차례, 각 타운(EBT, GBT, OBT)의 타운 운영위원회와 함께 정례 미팅을 갖습니다. 이 회의에서 각 타운별 주요 안건과 결정 사항을 리뷰하며, 필요하다면 개선이나 수정, 혹은 재검토를 요구할 권한을 행사합니다. 이는 타운 운영위원회의 결정을 한 차례 더 필터링(Filtering)함으로써 왕국민들에게 발생할 수 있는 불편이나 불만을 사전에 방지하고, **TMK** 운영의 합리성과 품격을 높이기 위한 제도적 장치라 하겠습니다. 결국 TMK 운영위원회는 사실상 타운 운영위원회에 대한 상원(上院)의 역할을 수행한다고 볼 수 있겠지요.

9명의 매니저는 3년 임기로 임명되며, 각 타운을 대표하는 최고 권위자에 해당합니다. 또한 이들에게는 수시로 Honour와 직접 만나 의견을 나눌 수 있는 특권이 주어집니다.

특히 수석 매니저를 포함한 세 명의 선임 매니저는 매일 아침 Honour를 찾아가 TMK의 현안과 주요 이슈를 논의하는 '모닝 리포팅' 시간을 갖습니다.

Honour의 판단과 결정은 TMK에서 절대적 권위를 갖지만, 그 역시 스스로의 오류와 독단을 경계합니다. 그렇기에 Honour는 운영위원회를 깊이 신뢰하고 존중하며, 의견 차이가 발생할 경우 합리적 조정을 통해 최선의 결론을 도출합니다.

이처럼 막중한 권위와 책임을 지닌 TMK 운영위원회 매니저는 왕국민들에게 가장 명예로운 직위 중 하나이며, 임기 동안 뛰어난 역량을 보일 경우 Honour의 재가를 받아 최대 30년까지 연임할 수 있습니다.

TMK MD Center에는 운영위원회 매니저 외에도 각 타운에서 선발된 60명의 전문가가 근무하며, LPTF 50명을 포함한 총 200명의 서번트가 센터 운영 전반을 돕습니다.

Q-19 TMK MTC & Mall은 어디에 위치해 있으며, 어떤 기능을 합니까?

Honour가 즐겨 하는 운동 가운데 하나가 바로 테니스입니다. 그가 자주 찾는 공간이 테니스 전용 코트와 프리미엄 쇼핑몰이 함께 조성된 TMK MTC(Main Tennis Court) & Mall이며, 이곳은 Honour뿐 아니라 왕국민들에게도 일상적인 휴식과 즐거움을 제공하는 인기 명소로 자리 잡고 있습니다.

TMK MTC & Mall은 Royal Palace에서 정면으로 약 250m 떨어진 지점에 PS 전철역과 함께 위치해 있어 접근성이 뛰어나며, 왼쪽 전방 약 100m 거리에는 TMK MD Center가 자리해 행정·문화·쇼핑·스포츠 공간이 자연스럽게 하나의 축을 이룹니다. 왕궁을 중심으로 펼쳐진 이 일대는 TMK에서도 가장 활기가 넘치는 구역 중 하나라 할 수 있지요.

MTC & Mall의 중심에는 천연 잔디로 조성된 메인 테니스 코트 1면이 자리하고 있으며, 이를 둘러싸듯 최대 1만 명을 수용할 수 있는 대규모 관람석이 배치되어 있습니다. 코트는 개폐식 지붕을 갖춘 돔 (Dome) 구조로 설계되어 있어, 날씨와 계절에 상관없이 언제든 안정적인 경기가 가능합니다. 비가 오는 날에도 플레이가 중단되지 않는 점은 선수와 관중 모두에게 큰 장점으로 작용합니다.

참조: AI 생성 TMK MTC & Mall 이미지 1

코트 외곽을 따라서는 프리미엄 쇼핑몰이 들어서 있어, 스포츠와 쇼핑, 휴식이 하나의 공간에서 자연스럽게 어우러집니다. 의류, 장신구, 보석류, 생활용품에 이르기까지 다양한 명품 브랜드 숍이 줄지어 있으며, 지금 세계로 비유하자면 CHANEL, PRADA, GUCCI, LOUIS

VUITTON, CELINE, DIOR, ROLEX, HERMÈS, BURBERRY, VERSACE 등 대부분의 대표 브랜드가 입점해 있다고 볼 수 있습니다. 왕국민들이 꾸준히 포인트를 적립하는 중요한 이유 중 하나 역시, 이곳에서 자신이 원하는 프리미엄 제품을 선택하고 손에 넣기 위함이지요.

참조: AI 생성 TMK MTC & Mall 이미지 2

쇼핑몰 곳곳에는 고급스러운 분위기의 카페와 레스토랑이 배치되어 있어, 경기 관람 전후나 쇼핑 중간에 여유로운 휴식을 즐길 수 있습니다. 특히 남쪽과 북쪽 양단에 자리한 대형 카페에서는 각각 Royal Palace와 TMK Grand Bridge를 한눈에 조망할 수 있어, 이곳에서의 티타임은 그 자체로 하나의 특별한 시간이 됩니다.

매년 가을이 되면 TMK MTC에서는 왕국의 대표적인 스포츠 이벤트인 TMK 테니스 챔피언십이 성대하게 열립니다. 테니스를 사랑하는 왕국민이라면 누구나 한 번쯤 이 메인 코트에서 경기를 펼쳐보기를 꿈꿀 만큼, 상징성과 명성이 높은 대회이지요. 각 타운별 예선을 통과한 선수들은 본선 128강부터 32강까지는 아카데미 코트에서 경기를 치르고, 16강전부터 결승전까지는 이곳 MTC에서 최종 승부를 가립니다.

10월 챔피언십 시즌이 시작되면 16강전부터 매 경기마다 1만 석의 관람석이 가득 차고, 왕국민들의 열띤 응원과 환호 속에 코트는 뜨거운 열기로 달아오릅니다. 챔피언십 기간이 아닐 때에도 스페셜 이벤트 매치나 친선 경기가 수시로 열리며, Honour 역시 시간이 허락하는 날이면 이곳에서 직접 경기를 즐기곤 합니다.

MTC & Mall 오른쪽 약 100m 지점에는 전문적인 레슨 시스템과 인프라를 갖춘 테니스 아카데미가 위치해 있습니다. 아카데미에는 실내 하드 코트 2면과 실외 클레이 코트 2면 등 총 4면의 코트가 마련되어 있으며, 각 코트마다 약 3,000석 규모의 관중석이 갖춰져 레슨과 경기 모두에 활용됩니다. 레슨룸, 헬스룸, 락커룸 등 훈련과 수업에 필요한 시설도 완비되어 있어, 초보자부터 상급자까지 체계적인 훈련이 가능합니다.

TMK MTC & Mall 전반의 운영과 관리는 총 150명의 서번트들이 담당하고 있습니다. 이들은 코트 관리와 경기 운영은 물론, 테니스 아카데미와 쇼핑몰 전반의 서비스와 유지 보수까지 책임지며, 이 공간이 언제나 최상의 컨디션을 유지하도록 힘을 쏟습니다. 그 덕분에 TMK MTC & Mall은 단순한 스포츠 시설을 넘어, 왕국민들의 일상 속 즐거움과 품격을 상징하는 복합 문화 공간으로 확고히 자리 잡고 있습니다.

TMK Music Auditorium은 Honour's Palace에서 가까운 오른쪽 전방 약 150m 떨어진 곳에 위치해 있으며, 음악을 사랑하는 왕국민들을 위한 전용 공연 시설입니다.

이 오디토리움은 그리스·로마 시대의 원형 극장을 연상시키는 고전적 건축 양식으로 설계되어 있으며, 지상 2층, 지하 2층 규모의 구조 전체가 외형부터 내부까지 클래식 분위기를 물씬 풍깁니다. 웅장하면서도 과하지 않은 외관은 Honour's Palace의 위엄과 조화를 이루고, 내부로 들어서면 곡선과 비례가 살아 있는 공간 구성 덕분에 자연스럽게 무대에 시선이 모이도록 설계되어 있습니다.

개방형 관람석은 계단식으로 배치되어 있으며, 총 3,000석 규모의 모든 좌석이 무대를 중심으로 부드럽게 감싸는 형태를 이루고 있어 어느 위치에서도 탁월한 시야와 생생한 음향을 느낄 수 있지요. 이로 인해 클래식 연주회부터 오페라, 합창, 중대형 콘서트까지 폭넓은 공연을 소화하기에 더없이 적합한 공간으로 평가받습니다.

　정규 공연 시간 외에는 무대가 상시 개방되어 있어, 음악을 사랑하는 왕국민이라면 누구나 자유롭게 이용할 수 있고요. 개인이나 소규모 팀의 리허설은 물론, 즉흥적인 버스킹(Busking) 형태의 공연도 가능해, 이곳에서는 음악이 일상처럼 자연스럽게 흐릅니다. 날씨가 좋은 날이면 하루에도 몇 차례씩 크고 작은 연주와 공연이 이어져, 관객들은 별도의 예약이나 준비 없이도 편안히 객석에 앉아 음악을 즐길 수 있지요.

참조: AI 생성 TMK Music Auditorium 이미지

참조: AI 생성 TMK Music Auditorium 야간 공연 이미지

TMK Music Auditorium 내부에는 Honour's Palace 오디토리움 홀에서 열리는 콘서트, 오페라, 뮤지컬을 위한 전용 연습실과 준비 공간이 별도로 마련되어 있습니다. 무대 동선과 장비 세팅을 실제 공연과 동일하게 구현할 수 있도록 설계되어 있어, 공연 전 최종 리허설 장소로도 자주 활용됩니다. 최첨단 음향 시스템과 조명, 비디오·오디오 장비들이 정교하게 갖춰져 있어, 어떠한 장르의 공연이라도 완성도 높은 무대를 구현할 수 있습니다.

이러한 요소들 덕분에 TMK Music Auditorium은 단순한 공연장을 넘어, 음악 중심의 공연 예술을 존중하고 키워 가는 TMK의 핵심 허브로 자리합니다. 왕국민들에게는 음악을 듣고 감상하는 공간인 동시에, 직접 참여하고 표현할 수 있는 살아 있는 문화의 장(場)인 셈이지요.

TMK Music Auditorium에는 총 40명의 서번트들이 근무하며, 무대 설치와 장비 운영, 시설 관리와 공연 진행까지 모든 과정을 책임집니다. 이들의 세심한 지원 속에서 오디토리움은 언제나 최상의 상태를 유지하며, 왕국민들에게 깊은 울림과 지속적인 감동을 전하는 공간으로 기능합니다.

 앞서 개요 설명에서 TMK Royal Golf Club은 광활한 초원 위에 총 54개 홀 규모로 조성되어 있다고 언급했는데 보다 자세한 소개를 바랍니다.

TMK Royal Golf Club은 Honour가 가장 아끼는 최애(最愛) 플레이스 가운데 하나입니다. 특별한 공식 일정이 없는 날이면 Honour는 일주일에 두세 차례 이곳을 찾아 라운드를 즐기며, 하루의 여유를 만끽하곤 하지요. 그에게 이 골프 클럽은 단순한 스포츠 공간을 넘어, 자연과 호흡하며 심신의 균형을 되찾는 안식처라 할 수 있습니다.

TMK Palace 오른편의 드넓은 대지 위에 조성된 TMK Royal Golf Club은 총 54홀 규모로, 18홀 코스가 세 개 마련된 대형 골프 단지입니다. 각 코스는 전혀 다른 지형과 풍경을 품고 있어, 같은 클럽 안에서도 매번 새로운 골프장을 찾은 듯한 신선함과 깊은 몰입감을 선사합니다. 이러한 구성 덕분에 골퍼들은 자신의 성향과 컨디션에 맞춰 코스를 선택하며 다채로운 플레이 경험을 누릴 수 있습니다.

참조: AI 생성 TMK Royal Golf Club 이미지

　세 개의 코스는 바다와 맞닿아 있는 SS(Sea Side) 코스, 숲과 호수가 어우러진 FL(Forest & Lake) 코스, 그리고 산과 계곡을 넘나드는 MV(Mountain & Valley) 코스로 구성되어 있습니다. 각 코스는 독창적이면서도 감각적인 레이아웃으로 설계돼, 오늘날 기준으로 세계 30대 명품 골프장에 이름을 올려도 손색이 없을 만큼 뛰어난 미적 완성도를 자랑합니다.

　약 4㎞의 해안을 따라 펼쳐진 SS 코스는 바닷바람을 온몸으로 느끼며 플레이하는 링크스 스타일의 코스입니다. HoS(House on the Sea)를 비롯해 마리나에 정박한 요트와 크루즈, 해변을 거니는 사람들까지 시야에 들어와, 라운드 내내 한 폭의 수채화를 감상하는 듯한 풍경이 이어집니다. 바다 건너 Golden Beach Town에서도 SS 코스가 약 4km

거리에서 또렷이 보이며, 미국 캘리포니아의 페블비치 골프 클럽을 연상시키는 아름다움으로 골퍼들의 찬사를 받습니다. 잔잔한 파도 소리와 끝없이 펼쳐진 수평선은 플레이하는 이들에게 자연 앞에 선 겸허함과 깊은 감동을 안겨 줍니다.

참조: AI 생성 TMK Royal Golf Club 내 SS 코스 이미지

FL 코스는 촘촘한 숲과 고요한 호수가 코스 전반을 감싸 안고 있습니다. 나뭇잎 사이로 스며드는 햇살과 호숫가를 스치는 부드러운 바람, 정성스럽게 가꿔진 꽃밭이 어우러져 플레이어를 마치 동화 속 별천지로 초대하는 듯합니다. Honour가 특히 사랑하는 이 코스는, 미국 조지아주의 오거스타 내셔널 클럽을 떠올리게 하는 정교한 코스 레이팅과 품격 있는 분위기로 TMK Royal Golf Club을 대표하는 상징적 코스로 평가받습니다.

참조: AI 생성 TMK Royal Golf Club 내 FL 코스 이미지

MV 코스는 산자락과 계곡을 따라 펼쳐진 도전적인 코스로, 홀마다 업힐과 다운힐이 뚜렷해 공격적인 플레이를 선호하는 골퍼에게 강한 긴장감과 스릴을 선사합니다. 계곡을 넘기는 과감한 샷, 블라인드 그린이 기다리는 홀들은 높은 집중력과 정교한 샷 메이킹을 요구하며, 컨디션에 따라 스코어가 크게 요동치는 다이내믹한 매력을 지니고 있습니다. 세 코스 중 가장 극적이고 박진감 넘치는 경험을 제공하는 코스라 할 수 있습니다.

매년 5월 둘째 주에는 **TMK** 최대의 골프 이벤트인 'TMK 마스터즈 골프 챔피언십'이 이곳에서 개최됩니다. 세 코스는 해마다 번갈아 가며 대회장을 맡고, 이 시기가 되면 TMK 전역이 하나의 축제장으로 변합니다. 어느 코스에서 열리는지, 출전 선수는 누구인지, 우승 후보와 상금 규모는 어떠한지…. 왕국의 모든 이슈를 물리치고, 왕국민들의 모든 대화 주제가 마스터즈로 모아질 만큼 열기가 대단하지요.

참조: AI 생성 TMK Royal Golf Club 내 MV 코스 이미지

대회는 4라운드로 치러지며, 모든 경기는 미디어 센터를 통해 TMK 전역에 생중계됩니다. 수많은 왕국민이 갤러리로 참여하고, 우승자에게는 TMK 모든 챔피언십 가운데 가장 큰 인센티브가 수여됩니다. 이로 인해 마스터즈 우승은 단순한 타이틀을 넘어, 골프를 사랑하는 왕국민이라면 누구나 꿈꾸는 최고의 영예로 여겨집니다.

세 코스를 아우르는 클럽하우스는 Honour's Palace에서 약 200m 오른쪽에 위치해 있으며, 중세 바로크 양식으로 지어진 이 건물은 웅장함과 안락함을 동시에 갖춘 공간입니다. 플레이 전후 골퍼들이 휴식을 취하고 교류하기에 더없이 좋은 장소이지요.

그런가 하면 클럽하우스 오른편에는 최첨단 시설을 갖춘 골프 아카데미가 자리합니다. 300m 길이의 드라이빙 레인지와 숏게임 전용 9홀 코스, 최신 장비를 갖춘 레슨룸, 헬스룸과 락커룸, 휴게실까지 훈련 관련 모든 편의 시설이 구비돼 있습니다. 골프 아카데미는 골프를 사랑하는 왕국민이라면 반드시 거쳐가는 필수 코스로, 초보자부터 선수급 실력자까지 모든 수준의 플레이어를 지원합니다.

TMK Royal Golf Club에는 총 200명의 서번트가 근무하고 있으며, 클럽하우스 40명, 경기 운영 및 코스 관리 45명, 캐디 90명, 골프 아카데미 25명으로 역할이 체계적으로 분담돼 있습니다. 이들은 골프 클럽을 찾는 모든 골퍼가 최상의 환경 속에서 라운드를 즐길 수 있도록, 최선의 서비스를 제공합니다.

TMK Stadium은 30,000명에 이르는 모든 왕국민이 단 하나의 공간에서 함께 모일 수 있는 TMK 유일의 대규모 집회 시설입니다. 왕국 차원의 공식 행사나 대형 콘서트 같은 굵직한 이벤트가 이곳 TMK Stadium에서 열리며, 이 때문에 왕국민들에게 'TMK의 심장'이라 불리기도 하지요. 단순한 경기장을 넘어, 왕국의 호흡과 맥박이 모이는 상징적인 공간임 셈이지요.

스타디움은 Honour's Palace에서 우측으로 약 700m 떨어진 푸른 바다를 마주한 해안가에 자리하고 있습니다. 바닷바람이 스쳐 지나가는 잔디 구장은 사계절 내내 푸르름을 유지하며, 2년에 한 번 TMK Honour's Cup 축구대회가 개최됩니다.

3만 석의 전 좌석은 냉난방 시스템을 갖춘 데다 리클라이너(Recline) 형태로 설계되어, 관중들은 장시간의 경기나 공연도 편안하게 즐길 수 있습니다.

참조: AI 생성 TMK Stadium 이미지

음향·조명·무대 장비를 비롯한 내부 시설 역시 모두 최첨단 사양으로 구축되어 있어, 관람의 몰입감은 물론 운영 효율까지 극대화되어 있습니다. 외관은 기하학적 아름다움이 강조된 독창적 건축물로, 멀리서 바라보기만 해도 감탄이 절로 나올 만큼 위용이 넘치지요.

한편 **TMK Stadium**에서는 매달 한 차례, 왕국민 전원이 함께하는 'TMK Monthly Conference'가 열립니다. Honour가 직접 주관하는 이 집회는 지난 한 달 동안 뛰어난 퍼포먼스를 보여준 왕국민들을 시상하

고 격려하는 자리이자, 서로의 안부를 나누고 공동체의 자긍심과 정체
성을 되새기는 중요한 이벤트입니다. 3만 명의 왕국민이 한목소리로
환호하고 응답하는 이 날은, TMK의 단단한 결속과 신뢰를 상징하는
장면으로 왕국민들에게 각인되곤 하지요.

　TMK Stadium은 또한 유명 가수와 성악가들이 무대에 오르는 아티
스트 공연장으로도 활용됩니다. 때로는 화려한 매직쇼와 온 왕국민이
즐기는 축제의 장이 되기도 하여, 스타디움은 때마다 색다른 감동과
넘치는 생동감을 보여 줍니다.

참조: AI 생성 TMK Stadium 내 축구 경기 이미지

이곳은 평상시 Honour Town 소속의 서번트 60명이 경기장 전반을 운영하고 유지 보수 업무를 담당합니다. 그러나 Monthly Conference 나 왕국 차원의 행사처럼 대규모 이벤트가 열릴 때면, Honour Town 의 서번트들이 대거 투입되어 완벽한 운영을 지원합니다.

그들의 손길로 **TMK Stadium**은 언제나 최상의 상태를 유지하며, 왕국민 누구나 설렘과 자부심을 갖고 찾는 **TMK**의 명실상부한 대표 공간으로 굳건히 자리매김하지요.

Q-23 TMK Farmland는 어떤 곳인가요?

Honour's Palace에서 후방으로 약 6㎞ 떨어진 평야 지대에는 왕국민들의 주식량을 안정적으로 공급하는 TMK Farmland가 자리하고 있습니다.

드넓게 펼쳐진 평원에 조성된 농장은 계절마다 자라나는 곡식과 채소가 다양한 색채를 띠며, 마치 살아 움직이는 거대한 캔버스를 마주한 듯한 인상을 줍니다. 청명한 햇살이 작물 위로 부드럽게 내려앉으면 잎과 줄기의 결이 은은하게 빛나고, 바람이 스칠 때마다 물결처럼 흔들리는 농장의 풍경은 자연이 빚어낸 거대한 비단 물결을 떠올리게 합니다. 계절마다 색다른 감흥으로 다가오는 이 풍경은 왕국민들에게 풍요와 안정이 시각적으로 체감되는 순간을 한껏 선사하지요.

총면적 9㎢, 가로 3㎞·세로 3㎞에 이르는 TMK Farmland는 그 규모만으로도 왕국의 핵심 생산기지임을 실감하게 합니다. 이곳에서는 쌀, 밀, 콩, 옥수수 같은 주식 작물은 물론, 무·배추·상추·고추·오이·당근·양파·마늘·감자·고구마·브로콜리·파프리카 등 다양한 계절 채소가 풍부하게 재배됩니다. 여기에 수박, 참외, 딸기, 토마토, 땅콩 등 과일과 채소류도 함께 길러져, 비옥하고 오염되지 않은 토양에서 자란 신선한 식재료가 왕국민들의 식탁으로 이어집니다.

참조: AI 생성 TMK Farmland에서 일하는 서번트 이미지

Farmland 내부에는 최신 기술이 접목된 스마트 팜(Smart Farm) 3동이 설치되어 있습니다. 각각 가로 500m, 세로 300m 규모의 냉·온실 시설은 온도, 습도, 조도, 수분 공급까지 자동으로 제어하며, 작물의 생육 상태를 정밀하게 관리합니다. 이로 인해 계절과 날씨의 영향을 최소화한 채 연중 고품질·고영양의 농산물이 안정적으로 생산되

고, 왕국민들은 언제나 균일한 품질의 먹거리를 누릴 수 있습니다. 스마트 팜 인근에는 수확물을 보관하고 가공하는 저장고와 가공 시설이 체계적으로 배치되어, 신선 유통부터 가공 공급까지 흐름이 자연스럽게 이어집니다.

참조: AI 생성 TMK Farmland 내 스마트 팜 이미지

TMK Farmland의 운영과 작물 관리는 총 60명의 서번트가 맡고 있습니다. 이들은 농장의 경작, 수확, 저장, 관리, 스마트 팜 운영까지 모든 과정을 꼼꼼히 책임지며, 왕국민들에게 안정적이고 풍성한 식량을 공급하기 위해 헌신합니다.

이처럼 TMK Farmland는 단순한 농장을 넘어, 자연과 기술, 그리고

사람의 노력이 조화를 이루어 만들어 낸 왕국의 식량 기반이자 생명의
터전이라 할 수 있습니다. 드넓은 평야와 끝없이 이어지는 곡식 물결,
첨단 기술과 사람의 손길이 함께 어우러져, 왕국민들에게 건강한 삶을
선사하는 풍요로운 공간인 셈입니다.

Honour Town의 가장 동쪽, 즉 Emerald Beach Town과 맞닿은 지점에는 가로 1.5㎞, 세로 800m 규모의 과일 농장인 **TMK Fruits Farm**이 자리하고 있습니다. 이곳은 사계절 내내 신선하고 향긋한 과일을 왕국 전체에 공급하는, 말 그대로 **TMK**의 '풍요의 과수원'으로 불립니다.

바다를 배경으로 넓게 펼쳐진 이 과일 농장은 계절이 바뀔 때마다 저마다의 색채를 뽐내며 변신합니다. 새싹이 돋는 봄에는 온 농장을 연둣빛으로 물들이고, 여름이 오면 짙은 녹음 속에서 햇살이 과일의 표면에 다채로운 빛을 새겨 넣습니다.

농장에 발을 들이면 나무들 사이로 스며드는 풋풋한 향기와 은은한 단내가 뒤섞여, 자연이 직접 빚어낸 향수 속에 들어온 듯한 기분을 줍니다. 농장 전체가 마치 호흡하는 생명체처럼 느껴지지요.

가을이 되면 이곳은 절정의 아름다움을 사랑합니다. 저마다 익어가는 과일들이 붉고 노랗고 보랏빛으로 물들면서 농장은 한 폭의 풍경

화처럼 알록달록한 색채의 향연을 보여 줍니다. 그래서 상당수 왕국
민들은 가을철이 되면 한두 번쯤 농장 라운딩을 즐기러 이곳을 찾습니
다. 과일의 향기와 풍성한 색감, 해풍이 부는 나무들 사이를 천천히 걸
으며 농장이 주는 풍요로움을 온몸으로 느끼기 위함이지요.

참조: AI 생성 TMK Fruits Farm에서 농장 라운딩을 즐기는 왕국민 이미지

TMK Fruits Farm에서는 사과, 배, 포도, 복숭아, 감, 귤, 체리, 키위,
오렌지, 블루베리, 자몽, 올리브 등 대부분의 온대 과일을 재배합니다.

각 과일마다 전문적인 관리 방식과 고유한 수확 주기가 있어, 작물의
생육 리듬이 잘 조율된 오케스트라처럼 정교하게 이어집니다.

참조: AI 생성 TMK Fruits Farm 내 스마트 팜 이미지

뿐만 아니라, 농장 한편에는 가로 500m, 세로 300m 규모의 대형 온
실 두 개가 설치되어 있습니다. 스마트 팜으로 꾸며진 이 온실에서는
망고, 바나나, 파인애플, 두리안, 코코넛, 리치, 파파야, 드래곤프루트
등 열대와 아열대 지역에서나 볼 수 있는 이국적인 과일들이 풍성하게

자라납니다. 외부 기후와 무관하게 최적의 환경을 조성하여, 왕국민들이 사계절 내내 다양한 열대 과일을 즐길 수 있도록 하지요.

농장 뒤편에는 수확한 과일을 보관하는 저장고와 가공 시설이 자리합니다. 이곳에서는 과일이 가장 신선한 상태로 보관되거나, 필요한 경우 주스, 잼, 말린 과일 등으로 가공되어 왕국민들이 기호에 맞게 즐길 수 있도록 준비하지요.

이 과일 농장에는 50명의 서번트들이 농장의 일꾼이자 관리자 역할을 맡습니다. 그들의 손길을 통해 TMK Fruits Farm은 단순한 과일 농장을 넘어, TMK의 풍요와 생명력의 상징으로 존재하게 됩니다.

Fruits Farm에 이어 Honour's Palace 왼쪽에 자리한 TMK Flower Garden에서는 사시사철 화려한 꽃들의 잔치가 펼쳐집니다. 정원형 테마파크로 조성된 이곳은 마치 동화 속 세계를 현실로 옮겨 놓은 듯한 분위기를 자아내며, 계절이 바뀔 때마다 수백 종의 꽃과 나무들이 각기 다른 색과 향으로 정원을 채워 방문객을 맞이하지요. 봄에는 다투어 피어나는 꽃의 향연이, 여름에는 짙은 녹음과 다채로운 색감이, 가을과 겨울에는 또 다른 운치와 여유가 흐릅니다.

Flower Garden의 면적은 Fruits Farm과 동일하게 가로 1.5㎞, 세로 800m에 이르러 산책만으로도 충분한 휴식을 누릴 수 있는 규모를 자랑합니다. 왕국민들이 가장 즐겨 찾는 최고의 릴렉스 플레이스(Relax Place)로 손꼽히는 이유이기도 하지요. 지금의 용인 에버랜드를 떠올리게 하는 이 정원 곳곳에서는 다양한 꽃과 수목이 저마다의 자태를 뽐내며, 방문객들의 눈을 호강시켜 주고 마음까지 편안하게 풀어 줍니다.

참조: AI 생성 TMK Flower Garden 이미지

정원 안에는 서로 다른 건축 양식으로 지어진 세 개의 카페가 자리해 있어, 산책 중 잠시 쉬어 가거나 사람들과 만남을 이어가기에도 안성맞춤이고요. 꽃과 나무를 배경으로 차를 마시며 보내는 시간은 이곳을 찾는 이들에게 또 하나의 즐거움이죠. 더불어 가로 200m, 세로 100m 규모의 대형 유리 온실 3동이 마련되어 있어, 열대와 아열대 지역의 선인장과 다육식물 등 평소 쉽게 접하기 어려운 수백 종의 식물들이 어우러진 이색적인 생태계를 감상할 수 있습니다.

특히 온실 내부에는 높이 5~10m에 이르는 구름다리 형태의 '스카이 워크(Sky Walk)'가 설치되어 있습니다. 이 다리를 따라 걸으며 내려다보는 화원의 풍경은 마치 하늘 위에서 정원을 조망하는 듯한 느낌을 주어, 방문객들에게 색다른 감동과 기억에 남을 경험을 선사하지요.

Flower Garden은 또한 Honour가 매일 아침 산책과 조깅을 즐기는 코스 중 하나이기도 합니다. 그는 Flower Garden의 가든 코스와 MD Center 앞에 펼쳐진 비치 코스, 그리고 Royal Golf Club의 필드 코스를 번갈아 이용하며 하루를 시작합니다. 이처럼 자연과 일상이 조화롭게 어우러진 공간이기에, Flower Garden은 왕국민들뿐 아니라 Honour 에게도 소중한 휴식처로 자리 잡고 있습니다.

　이 아름다운 정원을 유지하고 관리하기 위해 TMK Flower Garden 에는 정원과 카페 운영을 담당하는 70명의 서번트가 근무하고 있습니다. 이들은 계절마다 달라지는 꽃과 수목을 세심하게 가꾸며, 언제 방문하더라도 Flower Garden이 최상의 모습으로 왕국민들을 맞이할 수 있도록 정성을 다하고 있습니다.

 '바다 위의 집'이라는 HoS(House on the Sea)는 어떤 곳인가요?

Honour Town 마리나에서 약 2㎞ 떨어진 오른쪽 바다에는 '바다 위의 집'이라 불리는 HoS(House on the Sea)가 둥지를 틀듯 자리하고 있습니다.

말발굽처럼 완만하게 파인 U자형 만(灣) 한가운데, 폭 4㎞의 잔잔한 바다 위에 떠 있는 HoS는 아담한 정원처럼 꾸며져 있습니다. 햇빛에 반짝이는 수면 위로 봉곳이 솟아오른 그 모습은, 마치 바다가 품어 올린 보석 한 조각처럼 고요하게 빛납니다.

마리나에서 보트를 타고 7~8분 정도면 도착할 수 있는 가까운 거리에 있지만, HoS에 발을 내딛는 순간 색다른 세계로 들어온 듯한 느낌을 받습니다.

섬의 크기는 가로 130m, 세로 200m, 축구장 두 개 정도이며, 가장자리에는 형형색색의 꽃과 나무가 빽빽하게 둘러서 있어 '바다의 화원'이라는 애칭으로도 불립니다. 잔잔한 파도 소리를 배경으로 꽃향기가 바람을 타고 퍼지면, 섬 전체가 하나의 살아 있는 정원처럼 느껴지지요.

HoS 전방 약 1.5㎞ 거리에는 TMK의 상징적 시설인 TMK Grand Bridge가 웅장한 위용을 드러내고 있습니다. 우측면과 후면 너머로는 Golden Beach Town이 넓게 펼쳐져 있어, GBT에 거주하는 이들은 어느 곳에서든 바다 가운데 HoS를 바라보는 아름다운 뷰를 누립니다.

HoS에서는 주말이면 Honour가 직접 주관하는 스페셜 이벤트가 열립니다.

참조: AI 생성 HoS 이미지

각종 경연과 경기에서 두각을 나타낸 입상자, 특별한 성취와 공로를 세운 인물, 그리고 모범적인 삶을 보여준 왕국민들을 격려하는 자리이지요. 이 행사는 단순한 이벤트가 아니라, TMK가 중요하게 여기는 '가치'와 '노력'을 기념하는 파티에 가깝습니다. 참석자들은 HoS의 고요한 바다 풍경을 배경으로 Honour와 함께 교감하며, 잊을 수 없는 시간을 선물받는다 하겠습니다.

HoS는 3층 규모로 지어져 있습니다. 1층은 대연회장으로, 창 너머로 수평선에 이어지는 윤슬이 장관을 이루지요. 2층에는 소규모 공연이 가능한 연회장이, 그리고 3층은 Honour의 숙소로 꾸며져 있고요. 건물 밖에는 바다와 맞닿아 있는 옥외 수영장이 있어 수영장과 바다의 수면이 중첩된 느낌의 환상적인 풍경을 만들어 냅니다.

섬 뒤쪽에는 잘 가꿔진 정원 속에 테니스 코트 1면이 마련되어 있습니다. 테니스 코트 너머로는 국외 여행 출발지인 전용 도크가 자리합니다. 이곳에는 각각 승객 350명, 150명 탑승이 가능한 두 척의 크루즈가 정박해 있습니다. 이 크루즈들은 격월마다 TMK를 벗어나 약 1개월 간의 국외 항해에 나서는데, 왕국민들은 이를 '미지의 세계로 떠나는 작은 오디세이'라고 부르기도 하지요.

크루즈 여행을 즐기기 위해서는 일정 수준 이상의 포인트가 필요합니다. 왕국민들은 매달 지급되는 생활비 포인트와 다양한 인센티브를 꾸준히 모아 여행 경비로 충당합니다.

연간 탑승 가능 인원은 약 3,000명으로, 한 사람에게 돌아오는 기회는 10년에 한 번꼴. 그래서 크루즈 탑승은 TMK 왕국민들이 오랜 시간 꿈꾸는 특별한 목표 중 하나입니다. 아득한 수평선을 바라보며 TMK

바깥의 미지의 세계를 체험하는 이 한 달은 왕국민에게 특별한 추억으로 남지요.

Honour 역시 일 년에 한두 차례 크루즈 여행에 동행하는데, 왕국민들은 그의 일정과 자신이 탑승하는 날짜가 겹치면 "로또에 당첨된 기분"이라며 기쁨을 감추지 못합니다. 한 달 동안 Honour와 함께 크루즈에서 시간을 보낼 수 있다는 것은 단순한 여행을 넘어 또 하나의 축복으로 여기니까요.

HoS에는 총 220명의 서번트가 HoS뿐 아니라 TEP(The Eden Park), HoL(House on the Lake)까지 세 곳을 통합적으로 관리합니다. 크루즈 항해가 있을 때에는 이들 중 상당수가 승선원으로 투입돼, 왕국민들이 안전하고 즐거운 항해를 하도록 서비스합니다.

그들 덕분에 HoS는 언제나 깨끗하고 품격 있는 모습으로 왕국민들을 맞이하고, 바다 위의 작은 궁전처럼 빛납니다.

Honour's Palace 왼쪽 뒤편으로 약 1.5㎞ 떨어진 곳에는, 넓게 퍼진 구릉지 위에 자리한 TMK Horse Park가 조용히 모습을 드러냅니다.

멀리 바다를 바라보는 이 승마 공원은, 사계절 내내 온화한 바람이 흐르고, Fruits Farm과 Flower Garden이 양옆에서 감싸 안듯 펼쳐져 있어 어느 방향에서 바라보든 시야가 시원하게 트여 있습니다.

길게 이어진 초원에는 초록빛 잔디가 부드러운 카펫처럼 깔려 있고, 곳곳에는 키 큰 메타세쿼이아들이 줄지어 서 있어 자연스러운 울타리 를 이루지요.

특히 해 질 무렵이면 Horse Park의 풍경은 더욱 빛을 발합니다. 주 황빛 석양이 트랙과 초원을 온기 어린 색채로 물들이고, 목초지를 걷 는 말들의 그림자가 길게 늘어져 공원 전체가 한 폭의 서정적 풍경화 처럼 펼쳐집니다.

참조: AI 생성 TMK Horse Park 이미지

가로 2㎞, 세로 1㎞ 규모로 조성된 **Horse Park**에는 약 100여 마리의 말이 사육되고 있습니다. 공원 곳곳에는 마방과 종마장, 사육장 등이 효율적이면서도 아름다운 배치로 자리하고 있으며, 방목장은 공원 분위기에 맞게 편안한 휴식 공간처럼 꾸며져 있어 왕국민들이 산책하듯 둘러보는 명소이기도 합니다.

승마를 배우고 싶은 초보자부터 속도감 있는 질주를 즐기는 숙련자까지 모두를 고려해, 이곳에는 초원 코스, 숲길 코스, 해변 코스 등 다양한 테마의 승마 동선이 마련되어 있습니다. 잔잔한 바람을 맞으며 초원을 천천히 걸어가는 여유로운 산책도, 숲길을 빠져나오며 속도를 높이는 역동적인 질주도 모두 가능하지요.

참조: AI 생성 TMK Horse Park 마장마술 경기 이미지

특히 매월 마지막 주말이 되면 Horse Park는 또 한 번 활기를 맞습니다. 말과 사람이 하나 되어 펼치는 종합 마장마술(Dressage, 기술 묘기) 경연을 보기 위해 승마를 즐기지 않는 왕국민들까지 이곳을 자주 찾습니다. 말과 기수가 보여 주는 역동적이고 조화로운 움직임은 스포츠를 넘어 하나의 예술처럼 느껴지기도 합니다.

한편, TMK에서는 베팅을 통한 경마 경주는 허용되지 않습니다. 일정 금액을 걸고 수익을 노리는 행위는 도박의 성격을 띠기에, TMK의 문화와 가치 체계에서는 어울리지 않으며 순수한 스포츠와 레저 활동만이 가능합니다.

TMK Horse Park에는 Honour Town 소속 서번트 40명이 근무하고 있습니다. 이들은 말의 관리와 용품 정비는 물론, 공원 환경 유지, 승마 교육 보조 등 공원의 운영 전반을 맡으며 Horse Park가 언제나 아름답고 안전한 레저 공간으로 기능하도록 모든 정성을 다합니다.

TMK에는 모든 왕국민들이 생애 한두 번쯤은 꼭 가보고 싶어 하고, 더 정확히 말하면 '반드시 가 봐야 할 곳'이라고 입을 모아 말하는 비밀의 낙원이 있습니다. Honour Town 마리나에서 Honour의 전용 요트를 타야만 닿을 수 있는 곳, 바로 The Eden Park, 줄여서 TEP(에덴 공원)이지요.

이곳은 Honour Town 남쪽 약 12㎞ 떨어진 외딴섬에 자리하고 있으며, Emerald Beach Town에서는 약 10㎞ 왼쪽 전방에 위치해 있어 맑은 날이면 그 신비로운 실루엣을 흐릿하게나마 확인할 수 있습니다.

하지만 멀리서 보는 모습만으로는 TEP의 진면목을 상상할 수 없습니다. 그 안에 숨겨진 풍경과 경험은 직접 발을 딛기 전까지는 가늠조차 어려울 정도로 특별하기 때문이지요.

TEP 중심부에는 리셉션 홀을 갖춘 Honour의 전용 하우스인 에텐궁(Eden Palace)이 자리하고 있습니다. 주변에는 골프장, 테니스장, 수영장 등 초고급 레저 시설이 완벽하게 갖춰져 있습니다. 게스트들이 머무는 수상 빌라는 잔잔한 바다 위에 떠 있는 '요람'과도 같아, 그 안락함과 평온함은 TMK 안에서도 최고라 할 것입니다.

참조: AI 생성 The Eden Park 이미지

특히 수상 빌라에서 약 100m 떨어진 곳에 마련된 수중 레스토랑에서는 상어, 거북, 가오리 등 다채로운 해양 생물이 헤엄치는 풍경을 감상하며 식사를 즐길 수 있어, 방문자들이 감탄을 금치 못할 겁니다.

참조: AI 생성 The Eden Park 내 Eden Palace 이미지

TEP의 풍경은 그야말로 파노라마입니다. 해발 30m 정도의 아담한 산자락 위에 자리한 에덴궁에서는 탁 트인 전망을 통해 골프장과 테니스 코트가 한눈에 들어옵니다. 에덴궁을 둘러싼 동산에는 사슴, 공작, 토끼 등이 자유롭게 뛰놀며, 사계절 내내 펼쳐지는 희귀 야생화와 수목의 조화는 보는 이에게 깊은 감동을 선사합니다. 이곳은 단순한 휴식처가 아니라, 자연과 예술이 하나의 풍경으로 완성된 왕국의 숨겨진 보석이라 하기에 충분합니다.

참조: AI 생성 The Eden Park 내 수상 빌라(왼쪽), 수중 레스토랑(오른쪽) 이미지

이 아름다운 경관에 걸맞게, **TEP**에서 제공되는 서비스는 **TMK** 전체에서도 최고 수준입니다. 초대된 스페셜 게스트들은 평소 접해 보지 못한 진귀한 요리들을 맛보고, 수상 빌라에서 제공되는 맞춤형 마사지와 웰니스 프로그램을 통해 마치 꿈속을 걷는 듯한 시간을 보냅니다. 모든 순간이 느릿하고 은은하게 빛나며, 일상의 시간 감각이 잠시 멈춘 듯한 경험을 하게 되지요.

TEP에 조성된 골프장은 에덴궁과 연결된 타원형의 섬 전체를 활용하여 만들어졌습니다. 골프장 중앙에는 커다란 호수가 자리하고, 그 호수 안에는 또 하나의 섬처럼 테니스 코트가 떠 있는 독특한 구조를 이루고 있습니다. 골프장과 테니스장의 명칭은 각각 파라다이스 골프 클럽(Paradise Golf Club, PGC), 파라다이스 테니스 코트(Paradise Tennis Court, PTC)이며, 두 시설 모두 Honour 전용으로 오직 Honour와 함께하는 플레이만이 가능합니다.

PGC는 사방이 바다로 둘러싸여 있어 라운딩 내내 마치 '신선놀음'을 즐기는 듯한 초현실적 감각을 불러일으킵니다. 바람의 결, 파도 소리, 바닷새들의 춤이 어우러지며 골프는 운동을 넘어 '자연을 무대로 한 거룩한 예술'처럼 느껴지지요. PTC 역시 수면과 불과 1.5m 정도밖에 차이가 나지 않아, 마치 수면 위에서 테니스를 치는 듯한 황홀한 경험을 맛보게 됩니다.

초대받은 게스트들은 보통 2~3일 동안 TEP에 체류하며, Honour와 함께 골프, 테니스, 파티 등을 즐기며 잊지 못할 시간을 보냅니다. 이렇다 보니 TEP 방문은 왕국민 누구에게나 꿈과도 같은 경험이며, 자연스럽게 생애 최고의 버킷 리스트 1순위로 꼽히고 있습니다.

TEP의 운영과 관리는 HoS 소속 30명의 서번트가 담당하며, 섬의 유지·관리부터 게스트 서비스까지 모든 업무를 완벽하게 수행합니다. 그들로 인해 TEP은 언제나 평화롭고 안락한, '천상의 휴양지'라는 별칭이 어울리는 완벽한 상태가 유지된다 하겠습니다.

 TMK SLZ(Sea Leports Zone)는 어떤 곳인가요?

TMK에서는 각 타운마다 왕국민을 위한 스타디움과 실내 스포츠 콤플렉스가 마련되어 있어, 누구나 일상 속에서 손쉽게 육상 스포츠를 즐길 수 있습니다. 다만 바다를 무대로 하는 해양 레포츠만큼은 Honour Town의 관할 아래 별도의 구역에서 이루어지지요. 그곳이 바로 Golden Beach Town과 Ocean Beach Town 사이에 자리한, 해양 스포츠의 요람으로 불리는 TMK SLZ(Sea Leports Zone)입니다.

약 1.5㎞에 걸쳐 길게 펼쳐진 'U'자형 바다 위에 조성된 SLZ는, 바다를 무대로 할 수 있는 거의 모든 스포츠를 즐길 수 있는 천혜의 레포츠 구역입니다. 잔잔한 물결 속에서 수중 세계를 탐험하는 스노클링과 스쿠버 다이빙은 물론, 패럴보드와 카약처럼 여유를 즐기는 종목도 인기가 많습니다. 여기에 번지점프, 바나나보트, 제트스키, 패러세일링, 플라이보드, 플라이피시 등 속도감과 고도, 물보라가 어우러진 액티비티까지 더해져, 방문객들은 자신의 취향과 체력에 맞는 즐거움을 자유롭게 선택할 수 있지요.

참조: AI 생성 TMK SLZ 이미지

SLZ가 이곳에 자리 잡게 된 데는 분명한 이유가 있습니다. U자형으로 움푹 패인 해안의 맞은편 약 2㎞ 전방에 역(逆) 'U'자형 모양의 작은 섬이 병풍처럼 둘러서 있어, 방파제와 같은 역할을 한 탓에 파도가 거의 없기 때문입니다.

수심도 완만한 편이며 산호초가 풍부해 아름다운 풍광을 보여주고 있는 점도 해양 스포츠를 즐기기엔 최적의 장소로 꼽힙니다. 반면 파도를 이용하는 서핑, 윈드서핑, 카이트서핑 등은 큰 너울이 밀려오는 Ocean Beach Town 해상에서 주로 즐기곤 합니다.

참조: AI 생성 The SLZ 내 파로스 타워 이미지

SLZ의 상징적인 구조물로는 폭 500m의 바다 한가운데 우뚝 선 등대 형태의 파로스 타워(Pharos Tower)가 있습니다. 이 타워는 좌우 육지에서 각각 250m 길이의 짚라인으로 연결되어 있으며, 높이 50m의 전망대에서는 바다를 360도로 조망하며 차와 식사를 즐길 수 있는 회전형 레스토랑이 운영됩니다. 특히 짚라인을 이용해 타워로 이동할 경우, 바다 위를 가로지르는 순간마다 짜릿한 스릴과 함께 SLZ의 전경을 온몸으로 느낄 수 있어 많은 이들의 기억에 남는 경험으로 꼽히지요.

　이 모든 시설과 프로그램은 Honour Town 소속 60명의 서번트들이 운영과 안전, 각종 레포츠 서빙을 전담하며 체계적으로 관리하고 있습니다. 덕분에 TMK SLZ는 단순한 해양 스포츠 공간을 넘어, 왕국민들에게 바다의 즐거움과 휴식, 그리고 일상의 활력을 동시에 선사하는 특별한 장소로 자리매김합니다.

Q-30 '호수 위의 집'이라는 HoL(House on the Lake)은 또 어떤 곳인가요?

HoL(House on the Lake)은 Honour Town의 부속지로서, TMK에서 가장 큰 호수인 '그랜드 레이크(Grand Lake)' 한가운데 떠 있는 특별한 공간, 말 그대로 '호수 위의 집'입니다.

호수는 Honour's Palace에서 약 10㎞ 오른쪽 뒤편에 자리하고 있으며, 세 개의 TMK Mountain에서 흘러내리는 빙하수와 자연수가 모여 형성되어 있습니다. 햇빛을 머금은 호수는 코발트빛으로 반짝이며, 주변 산세와 숲을 수면 위에 고요하게 비추어 고즈넉한 풍경을 만들어 냅니다.

그랜드 레이크는 둘레 40㎞, 평균 폭 5㎞에 이르는 타원형의 거대한 규모로, 호수 둘레를 따라 완만한 숲길과 전망대, 캠핑장, 그리고 조용한 산장들이 곳곳에 자리합니다. 호수 주변에는 낚시터도 여러 곳 조성되어 있어, 주말마다 왕국민들이 피크닉을 즐기고 한적한 여가를 보낼 수 있는 최적의 휴식 공간이 되지요.

참조: AI 생성 Grand Lake 이미지

　호수 한가운데에는 길이 4㎞, 폭 약 200m의 긴 섬이 자리해 있는데, 이 섬을 감싸듯 18홀 규모의 레이크 골프 클럽(Lake Golf Club)이 펼쳐져 있습니다. 골프장은 클럽 하우스를 중심으로 전면 9홀과 후면 9홀로 이루어져 있으며, 라운드의 시작과 끝은 모두 HoL에서 이뤄집니다. 호수 둘레를 한 바퀴 조망하면서 플레이하기에 주변의 빼어난 풍광을 한껏 감상할 수 있습니다.

　호수 남쪽에는 전용 도크가 있으며, 이곳에서 약 1.5㎞ 떨어진 HoL은 보트를 통해서만 접근이 가능합니다.

참조: AI 생성 HoL 이미지

HoL은 호수면에서 약 5m 높이로 떠 있어, 멀리서 바라보면 마치 물 위에 부유하는 듯한 착시를 일으킵니다. 건축물 자체는 우아하면서도 절제된 아름다움을 품고 있어, 호수 풍경과 자연스럽게 조화를 이루지요. HoL 옆에는 별도의 부속 하우스가 마련되어 있어, Honour가 초대한 특별 게스트들의 숙소로 사용됩니다. 게스트는 1인당 최대 3명의 동반이 가능하며, 이들은 Honour와 함께 골프 라운드를 즐기고, 라운드 후에는 HoL 내 리셉션 홀에서 마련된 연회에 참석하게 됩니다. HoL에 초청된 이들은 HoS와 동일한 특별 대우를 받으며, 향후

TEP(The Eden Park) 초대에서도 우선 순위를 부여받습니다.

그랜드 레이크는 레저 활동의 중심지이기도 합니다. 왕국민들이 수상 스키를 즐기고, 쾌속 보트를 타고 호수 전체를 누비며 스릴과 해방감을 만끽합니다. 호수는 단순한 자연 경관을 넘어, 왕국민들의 삶에 활력을 불어넣는 또 하나의 리프레쉬(Refresh) 공간이기도 하지요.

참조: AI 생성 Grand Lake 내 수상 방갈로 이미지

특별히 많은 왕국민들이 그랜드 레이크를 사랑하는 이유는 호수 곳곳에 떠 있는 수상 방갈로 덕분이 아닐까 합니다. 몽골의 게르를 연상케 하는 둥근 지붕과, 물 위에 종이배처럼 조용히 떠 있는 방갈로는 아늑하고 감성적인 분위기를 물씬 풍깁니다. 내부는 안락한 공간으로 꾸

며져 있어 연인들의 비밀스러운 휴식처이자 최고의 '스윗 스폿(Sweet Spot)'으로 불립니다. 바닥은 수면과 맞닿아 있어 잔잔한 물결이 전해지는 부드러운 쿠션은 마치 물침대에 누워 있는 듯한 포근함을 줍니다.

밤이 깊고 달빛이 호수 위로 떠오르면, 수면에 비친 달의 그림자가 방갈로 주변의 풍경과 어우러져 몽환적인 분위기를 자아냅니다. 이런 풍경 속에서 연인들은 마치 꿈속을 거니는 듯한 시간을 보내게 되고, 이 때문에 예약 경쟁은 극도로 치열합니다. 총 30개의 방갈로가 있으나, 타운별로 하루에 단 10개씩만 배정되기 때문입니다. 그래서인지 사랑이 막 피어오르기 시작한 연인들은 누구나 한 번쯤 이곳에서의 달콤한 로맨스를 꿈꾸게 되지요.

HoL에는 HoS 소속의 골프 캐디를 포함하여 총 50명의 서번트가 근무하며, HoL과 레이크 골프 클럽이 완벽하게 운영될 수 있도록 모든 서비스를 제공합니다.

TMK의 북쪽에는 네 개의 타운을 마치 넓은 품으로 감싸 안듯 둘러선 웅장하고도 장엄한 상징이 자리하고 있으니, 바로 TMK Mountain입니다. 이 산맥은 단순한 지형을 넘어 TMK 전체를 수호하는 자연의 성벽이자, 왕국의 기상과 품격을 상징하는 존재라 할 수 있지요.

TMK Mountain은 세 개의 거대한 봉우리로 이루어져 있으며, 각각 Mountain 1, Mountain 2, Mountain 3로 불립니다. 그중 가장 높은 Mountain 1은 해발 5,000m에 달하며, Emerald Beach Town 후방 약 20㎞ 지점에 자리해 있습니다. 그 모습은 히말라야의 마차푸차레산을 연상케 할 만큼 신성하고도 위엄이 넘치며, 동쪽 정상을 배경으로 아침 해가 떠오를 때면 눈부신 햇살과 깊은 그림자가 교차하며 말로 다 표현하기 어려운 장관을 연출합니다. 이 순간을 보기 위해 일부 왕국민들은 일부러 새벽 산행을 택하기도 하지요.

Mountain 2는 해발 4,000m로 Ocean Beach Town 후방 약 20㎞ 지점에 위치하고 있으며, Mountain 3은 해발 3,000m로 그랜드 레이크 후방 5㎞ 지점에 자리 잡고 있습니다. 세 봉우리는 **TMK** 어디에서든 시야에 들어올 만큼 압도적인 존재감을 드러내며, 산을 사랑하는 왕국민들에게는 반드시 한 번은 오르고 싶은 버킷리스트의 성지로 여겨집니다.

Mountain 1과 Mountain 2의 정상 부근 약 1㎞ 구간은 만년설과 빙하로 덮여 있어, 사계절 내내 눈과 얼음이 만들어 내는 장대한 풍경을 감상할 수 있습니다. 고도에 따라 기온과 자연환경이 뚜렷이 달라지면서 고산대, 냉대, 온대 식생이 층층이 펼쳐지고, 각 지대마다 서로 다른 꽃과 나무, 들풀이 자라 생태계의 깊이와 다양성을 보여 줍니다.

주말이면 수백 명의 왕국민들이 등산과 휴식, 사색을 위해 TMK Mountain을 찾습니다. 정상에 도전하는 이들을 위해 산 중턱과 고도별로 총 네 개의 캠프가 조성되어 있으며, 각 캠프에는 아늑한 산장과 함께 등산 장비 운반과 안전을 지원하는 서번트들이 상주하고요. 총 80명의 서번트가 캠프와 산장을 관리하며, 모든 등산객이 안전하고 쾌적하게 산을 오를 수 있도록 세심하게 돕고 있지요.

참조: AI 생성 TMK Mountain 내 폭포, 호수 이미지

TMK Mountain에서 흘러내리는 풍부한 자연수와 빙하수는 매일 수백 톤에 이르며, 이는 왕국민들의 식수와 생활 용수로 활용됩니다. 산의 굴곡진 지형과 깊은 계곡, 단단한 암반 덕분에 크고 작은 호수들이 곳곳에 형성되어 있고, 산 중턱과 계곡을 따라 수십 미터에서 수백 미터 높이에 이르는 폭포들이 연이어 펼쳐져 등산객과 방문객들에게 청량함과 경이로움을 선사합니다.

이처럼 웅장한 산봉우리와 맑은 물, 끝없이 이어지는 폭포와 숲, 그리고 다채로운 식생이 어우러진 TMK Mountain은 TMK 자연이 지닌 품격과 아름다움을 집약한 상징이라 할 수 있습니다. 이들 산은 왕국민들에게 단순한 휴식처를 넘어, 언제까지나 생기와 영감, 깊은 감동을 선물하는 살아 있는 자연의 성전과도 같은 존재로 자리하고 있습니다.

 지금까지 TMK 내 주요 시설과 상징물에 대해 설명해 주었는데, 왕국민들이 실제로 거주하는 세 개의 타운 역시 매우 궁금합니다. 먼저 EBT(Emerald Beach Town)에 대해 자세한 소개를 바랍니다.

에메랄드빛 바다를 품고 있어 이름 붙여진 에메랄드 비치 타운(Emerald Beach Town, 이하 EBT)은, 타운 앞바다가 마치 연푸른 양탄자를 길게 펼쳐 놓은 듯한 장관을 이룹니다. 햇빛의 각도와 시간대에 따라 은은한 청록빛에서 밝은 비취색으로 변하는 바다의 색채는 EBT가 언제나 신비로운 인상으로 다가오게 하지요.

TMK의 가장 동쪽 끝에 자리한 EBT는 약 10㎞에 걸쳐 완만하게 안쪽으로 굽은 'C'자형 해안선을 이루고 있습니다. 이 곡선에 따라 해안가에는 카페, 레스토랑, 호텔을 비롯해 각종 편의 시설이 줄지어 늘어서 있습니다.

그 뒤편으로는 개성 넘치는 주택들이 층층이 자리하며, 각기 다른 컬러와 디자인을 뽐내면서도 전체 경관과 조화를 이루어 EBT 특유의 풍경을 만들어 내지요.

참조: AI 생성 Emerald Beach Town 이미지

타운 뒤쪽에는 높이 150m의 산이 바다를 향하여 완만한 구릉지대를 이루며 내려오고 있어, 계단식으로 배치된 모든 주택들은 탁 트인 오션 뷰를 한껏 즐길 수 있습니다. 어느 집에서든 창을 열면 바다와 하늘이 맞닿은 수평선이 자연스럽게 시야에 들어옵니다.

EBT 왼쪽 끝에서 약 10㎞ 떨어진 해상 전방에는 흐릿하게 떠오르는 TEP(The Eden Park)의 윤곽이 실루엣처럼 보이고, 오른쪽 끝 2㎞ 지점 측면에는 Honour Town과 GBT를 연결하는 TMK Grand Bridge가 웅장한 위엄을 드러냅니다.

EBT 중심부에는 EBT CA(Culture & Art) 센터, EBT 아카데미, EBT 스포츠 콤플렉스, EBT 스타디움 등 주요 시설이 나란히 자리해 타운의 심장부를 형성합니다.

CA 센터는 왕국민들이 목표 활동을 펼치는 문화·예술의 중심지로, 각종 강의실과 체험 공간이 센터 곳곳에 배치되어 있습니다. 현재에 비유하자면, 대학교 문화관·지자체 문화센터·백화점 문화센터가 한곳에 어우러진 복합 문화 공간이라 할 수 있지요. CA 센터 내부에는 백화점, 마트, 영화관, 카페, 음식점 등이 모여 있는 대형 몰(Mall)이 함께 들어서, 문화생활과 여가 활동을 한 번에 해결하도록 돕습니다.

'지식과 진리 탐구의 장(場)'이라 불리는 EBT 아카데미는 도서관을 중심으로 연구실, 강의실, 세미나실, 회의실, 실험실 등 다양한 공간을 갖춘 교육·연구 플랫폼이라 할 수 있지요. 왕국민들은 이곳에서 연구, 실험, 토론, 학습 등 지적 활동의 대부분을 수행하며, 깊이 있는 목표 활동을 이어 갑니다.

EBT 스포츠 콤플렉스는 현대인이 즐길 수 있는 대부분의 실내 스포츠를 소화할 수 있도록 설계되었습니다. 수영, 볼링, 탁구, 배드민턴, 당구, 스포츠 클라이밍 등 다양한 종목을 전문적으로 배우고 즐길 수 있는 공간이지요.

야외 스포츠는 1만 석 규모의 EBT 스타디움과 인근 축구장, 야구장, 테니스 코트 등에서 가능하지요. EBT 스타디움에서는 육상 경기나 주요 축구 경기가 열리며, 때로는 콘서트나 페스티벌이 개최되어 타운 전체를 뜨겁게 달굽니다.

이 외에도 해변을 따라 약 2㎞ 간격으로 네 곳의 푸드 코트가 있어 왕국민과 방문객들의 식사를 해결해 주지요.

한편, 왕국민에게 상해를 입히거나 상대를 공격하는 복싱, 레슬링, 태권도, 유도, UFC 등 격투성 종목은 TMK에서 찾아 볼 수 없습니다. 아무리 스포츠성 오락이라 할지라도 해도 가학적 유희는 허용되지 않는다는 TMK의 명확한 기준 때문입니다. 사고 위험이 극도로 높은 익스트림 스포츠 역시 안전이 보장된 일부만 제한적으로 허용됩니다. TMK에서는 즐거움은 보장하되 생명을 위험에 빠뜨리는 행위는 철저히 배제합니다.

동쪽 끝에 위치한 EBT 마리나는 해상 이동과 바다 낚시 등 다양한 해양 레포츠의 전진 기지 역할을 합니다. 수십 척의 보트와 요트가 햇빛 아래 반짝이며 타운의 풍경을 더욱 다채롭게 꾸미는 데 한몫하지요.

타운 좌·우 산 중턱에는 각각 18홀 규모의 Far East Club과 East Club 두 개의 골프장이 자리하고 있습니다. 산과 바다가 조화를 이루는 절경 속에 아담하고 세련된 코스로 조성되어 있어, EBT 왕국민 골퍼들의 사랑을 한 몸에 받습니다.

EBT 북쪽 3㎞ 지점에는 반경 7㎞의 거대한 원형 분지를 둘러싼 산악 지형을 활용한 SPP(Sky Sports Park)가 자리 잡고 있습니다.

지형 자체가 하늘을 향해 열린 넓은 원형의 무대처럼 펼쳐져 있어, 패러글라이딩, 행글라이딩, 스카이다이빙, 윙슈트, 열기구, 경비행기, 패러모터 등 현대의 거의 모든 공중 스포츠가 가능하지요. 이곳에서는 하늘을 나는 경험이 주는 해방감을 만끽할 수 있어 왕국민들에게 더욱 큰 사랑을 받습니다.

참조: AI 생성 Sky Sports Park 이미지

　그런가 하면 EBT에는 독특한 교제 공간인 FMZ(Free Meeting Zone)가 타운의 좌·우·중앙 세 곳에 마련되어 있습니다. 두 사람만이 들어갈 수 있는 박스형 카페 구조로 꾸며진 FMZ는 총 30개의 룸을 갖추고 있으며, 매일 저녁 새로운 인연을 꿈꾸는 왕국민들이 이곳을 찾습니다. 마음에 드는 이성과 자연스럽게 만나기 위해 설렘 가득 이곳을 찾는 왕국민들로 활기를 띠며, 서로 대화를 나누고 애프터를 이어 갈 수 있는 로맨틱한 공간으로 큰 인기를 모으지요.

　또한 EBT에는 주요 교통 수단인 전철역이 약 3㎞ 간격으로 세 곳에 배치되어 있습니다. 이를 이용해 Honour Town, GBT, OBT 등 인접 타운과의 이동이 편리하게 이루어집니다.

참조: AI 생성 Free Meeting Zone(FMZ) 이미지

EBT에는 총 2,800명의 서번트가 배치되어 각자의 역할에 따라 다양한 업무를 수행합니다. 이들 중 일부는 TMK 전체 차원의 프로젝트나 이벤트가 있을 경우 타운을 넘어 다른 지역으로 투입되기도 합니다.

서번트들의 거주지는 타운 내 다섯 곳에 분산되어 있으며, 한 곳당 500~600명 규모로 근무지와 가까운 곳에 배치돼 왕국의 일상이 효율적으로 돌아가도록 지원합니다.

 왕국민들이 거주하는 또 하나의 타운인 GBT(Golden Beach Town)는 어떤 곳인가요?

석양이 내려앉는 무렵이면 바다의 색이 온통 금빛으로 물드는 곳. 그 찬란한 풍경 때문에 이름 붙여진 골든 비치 타운(Golden Beach Town, GBT)은 Honour Town과 Ocean Beach Town 사이에 자리하고 있습니다. 하루의 끝자락마다 바다와 하늘이 서서히 황금빛으로 물들어 가는 장면은, GBT를 찾는 이들에게 잊지 못할 인상을 남깁니다.

해안선을 따라 길게 뻗은 10㎞ 구간은 갈고리처럼 부드럽게 휘어진 'J'자 형태를 이루고 있으며, 이 중 약 6㎞는 야트막한 야산과 맞닿아 있고, 나머지 4㎞는 잔잔한 파도가 드나드는 해변과 곧장 이어집니다.

이러한 지형 덕분에 타운 곳곳에서는 서로 다른 고도와 시야에서 바다를 바라볼 수 있어, 아침부터 해 질 녘까지 빛과 색이 변화하는 아름다움을 볼 수 있지요.

GBT 왼편으로는 Royal Palace를 비롯한 Honour Town의 주요 시설들이 한 폭의 그림처럼 펼쳐지고, 정면에는 웅장한 실루엣을 뽐내는

TMK Grand Bridge가 타운을 지켜주는 수문장처럼 당당히 자리합니다. 또한 해안에서 약 2㎞ 떨어진 바다 한가운데 떠 있는 HoS(House on the Sea) 역시 GBT의 풍경을 풍부하게 하는 상징적 요소로, 낮에는 햇빛을 반사하며 반짝이고 밤이면 은은한 조명 아래 바다 위에 작은 별 하나처럼 떠오릅니다.

참조: AI 생성 Golden Beach Town 이미지

타운의 중심부에는 GBT의 문화·생활시설이 일렬로 놓여 있어 이동 동선이 매우 쾌적합니다.

EBT와 마찬가지로 GBT에도 CA(Culture & Art) 센터, 아카데미, 스포츠 콤플렉스, 스타디움이 나란히 자리해 문화·교육·스포츠 기능을 자연스럽게 하나의 축으로 연결합니다. 이들 주요 시설을 배경으로 해변 중앙에는 마리나가 조성돼 있어 요트와 세일링, 각종 해양 레저 활동이 이어지며, 저녁 무렵이면 수십 척의 배들이 부드럽게 흔들리는 풍경이 GBT의 감성을 더욱 돋보이게 합니다.

GBT만의 독특한 시설로는 단연 '아이스 아레나(Ice Arena)'를 빼놓을 수 없습니다. 국제 규격의 아이스링크가 갖춰져 있으며, 실내 스키, 스케이팅, 피겨 스케이팅, 아이스하키 등 다양한 종목을 누구나 자유롭게 경험할 수 있습니다. 해변과 겨울 스포츠 시설이 공존하는 이 대비는 GBT만이 가진 특별한 매력이지요. 타운의 풍경이 따뜻한 금빛이라면, 아이스 아레나는 GBT에 선물처럼 더해진 청량한 푸른 얼음의 세계를 보여 줍니다.

왕국민들의 식사를 책임지는 푸드 코트는 약 2㎞ 간격으로 네 곳에 고르게 배치돼 있으며, 호텔·카페·레스토랑·편의점 등 생활 편의시설도 곳곳에 자리해 언제든 식사와 휴식을 즐길 수 있습니다. 이러한 시설들의 기능과 역할은 EBT, OBT와 동일하나, GBT 특유의 정취가 실내외 공간 곳곳에 자연스럽게 배어 있어 방문객들에게도 특별한 경험을 선사합니다.

또한 GBT에는 18홀 규모의 골프 클럽 두 곳(Mountain Club, Beach Club)이 조성되어 있습니다. 야산 지대의 지형을 살린 Mountain Club은 다양한 고저차와 시원한 조망이 특징이며, 해안선을 따라 이어지는 Beach Club은 파도 소리를 들으며 플레이할 수 있는 색다른 경험을 제공합니다.

이와 함께 남녀 왕국민들의 만남과 교제를 위한 프리 미팅 존(Free Meeting Zone)도 타운의 좌·우·중앙에 마련돼 있어, 자연스러운 교류와 소통의 장이 됩니다.

전철역은 3㎞ 간격으로 세 곳 설치돼 있어 Honour Town이나 EBT, OBT로 이동할 때 가장 편리한 교통수단으로 활용됩니다. 타운 전역이 걷기 좋게 구성되어 있음에도, 이러한 대중교통 인프라는 왕국민의 일상적 삶을 한층 부드럽게 이어 준다 하겠습니다.

참조: AI 생성 Ice Arena 이미지

GBT에는 다른 타운과 마찬가지로 총 2,800명의 서번트가 상주하며, 왕국민들의 생활 편의, 시설 운영, 환경 관리 등 다양한 업무를 담당하고 있습니다. 그들 덕분에 GBT는 언제나 쾌적하고 조화로운 상태가 유지되며, 왕국민들은 타운의 풍경과 문화를 마음 편히 누린다고 하겠습니다.

 OBT(Ocean Beach Town)에 대해서도 설명을 바랍니다.

대양을 향해 탁 트인 시야가 시원한 개방감을 선사하는 오션 비치 타운(Ocean Beach Town, OBT)은 TMK의 가장 서쪽 끝자락에 자리 잡고 있습니다.

타운 전체는 약 10㎞ 구간에 걸쳐 'S'자 형태로 구불구불 이어져 있어, 자연스럽게 S타운이라는 별칭으로도 불립니다. 타운의 절반은 광활한 해안 지대로, 반대편은 울창한 숲과 구릉이 어우러진 지대로 나뉘어 있어, 바다와 숲이 조화롭게 공존하는 풍경을 만들어 냅니다.

OBT의 해안과 구릉을 따라 카페, 레스토랑, 호텔, 편의점 등 생활 편의 시설들이 아름다운 선을 이루며 배치되어 있습니다.

그 뒤편으로는 다양한 형태의 주택들이 이어져 독특한 하우스 라인을 형성하고요. 타운 중앙부에는 CA(Culture & Art) 센터를 비롯해 아카데미, 스포츠 콤플렉스, 스타디움이 나란히 위치해 있으며, 해안가에는 마리나가 들어서 있어 왕국민들에게 여가와 즐거움을 제공합니다.

이들 시설 역시 EBT, OBT와 동일한 규모를 갖추었고요.

OBT만의 독특한 매력 중 하나는 해양 생태계를 한눈에 들여다볼 수 있는 아쿠아리움입니다. 해양 생물들이 유영하는 거대한 유리 터널을 걸으며 다양한 바닷속 생물들을 가까이에서 보노라면, 왕국민들은 잠시 일상을 잊고 바다의 신비와 여유를 느끼게 됩니다.

참조: AI 생성 Ocean Beach Town 이미지

참조: AI 생성 Ocean Beach Town 내 아쿠아리움 이미지

　또한 타운 곳곳에는 약 2㎞ 간격으로 푸드 코트가 네 곳 설치되어 있어, 왕국민들은 언제든지 신선하고 다양한 식사를 즐길 수 있고요. 이 모든 시설의 기능과 역할은 EBT나 GBT와 동일하게, 왕국민들의 생활과 편의를 고려하여 세심하게 설계되어 있습니다.

OBT에는 두 곳의 골프장(Far West Club, West Club), 그리고 왕국민들의 만남과 교류를 위한 프리 미팅 존(Free Meeting Zone)도 마련되어 있습니다. 타운 내 교통을 위해 3㎞ 간격으로 세 개의 전철역이 있으며, 가장 서쪽 끝 종착역에는 철도 기지창이 위치해 효율적인 운행과 관리를 가능케 합니다.

OBT의 운영을 위해, 다섯 곳의 빌리지에 분산 거주하는 2,800명의 서번트들은 각자의 역할에 따라 다양한 업무를 수행합니다.

 TMK의 문명 수준은 어느 정도인가요?

문명이란, 주어진 환경 속에서 더욱 바람직한 삶을 영위하기 위해 인류가 오랜 세월에 걸쳐 고안하고 축적해 온 물질적·관념적 장치들의 총체입니다. 문화가 한 사회의 정신과 가치관, 정체성을 형성한다면, 문명은 그러한 정신을 현실 속에서 구현하게 해 주는 기술적·경제적 기반이라 할 수 있겠지요.

이런 의미에서 TMK가 구현한 문명 수준은 단순히 편리한 생활을 제공하는 수준을 넘어, 오늘날 인류가 만들어 낸 가장 진보된 문명을 통합적으로 집약한 형태라고 말할 수 있습니다.

TMK에서는 현대 문명이 이룬 기술적 성취 — 첨단 기계, 고성능 도구, 최신 사양의 컴퓨터 시스템, 무선 통신, 인터넷, 인공위성 — 모두가 완전한 상태로 수용되고 운용됩니다. 발전(發電) 시스템의 경우, 효율성과 친환경성을 겸비한 태양광 에너지가 주 전력 공급원 역할을 맡고요.

그 결과, **TMK** 전역에는 신속성·편리성·안전성·정확성·정밀성이 확보된 인프라와 시스템이 촘촘히 구축되어 있어, 왕국 운영과 왕국민들의 일상 전반을 안정적으로 뒷받침합니다.

한편으로 **TMK**가 문명을 받아들이는 태도는 무조건적이거나 과도하게 기술 지향적이지는 않습니다.

TMK는 오염을 야기하거나 자연환경을 해칠 가능성이 있는 문명은 원천적으로 배제합니다. 또한 윤리적 문제가 있거나 인간의 정신·감성·육체적 건강을 해칠 위험이 있는 기술 역시 철저히 제한합니다.

21세기 들어 전 세계적으로 확산된 인공지능(AI)과 지능형 로봇 등의 기술도 **TMK**에서는 선별적이고 제한적으로만 사용됩니다. **TMK**는 이러한 기술을 충분히 활용할 능력과 환경을 갖추고 있지만, 무엇보다 '사람 중심'의 가치를 최우선하기에 '인간을 대체'하는 문명의 도입을 서두르지 않는다고 이해하면 됩니다.

인간이 지닌 고유한 정서, 감성, 관계성, 창조적 사고는 그 어떤 기술로도 완전히 대체될 수 없다는 믿음 아래, **TMK**는 이를 침해하는 문명적 도구를 경계합니다. 어떻게 보면 **TMK**는 디지털 문명의 이기(利器)를 능숙하게 활용하면서도, 한편으로는 아날로그적 감성과 인간다움의 가치를 고집스럽게 지켜 내는 사회라 하겠습니다.

즉, 디지털 문명의 기술은 선별적으로 수용하되, 그로 인해 발생할 수 있는 부작용이나 위험성이 충분히 검증되기 전까지는 어떠한 기술도 섣불리 도입하지 않는다는 겁니다.

그렇다고 **TMK**가 디지털 기술을 무조건 거부하는 것은 아닙니다. 중요한 것은 디지털과 아날로그의 조화로운 균형, 그리고 인간다움의 보존입니다. TMK는 자유·정의·박애·평등이라는 가치와 함께, 휴머니즘을 문명의 중심축으로 삼으며, 이를 결코 효율이나 편의라는 이유로 희생하지 않습니다. 타자와의 경쟁과 갈등이 아닌 평화로운 공존, 소수만의 특권적 행복이 아닌 모든 왕국민의 균등한 행복을 지향하는 것이 TMK 문명의 핵심 방향이기 때문입니다.

또한 현실적인 측면에서 TMK에는 약 10,000명의 서번트가 왕국 운영에 필요한 모든 노동과 서비스를 책임지고 있기 때문에, 그들의 역할을 대체함으로써 잉여 인력과 시간을 발생시키는 문명을 도입할 당위성 자체가 크지 않습니다.

다만 일상에서의 단순·반복적 노동을 덜어 주는 자동화 기계나 로봇 — 식기세척기, 청소기, 세탁기, 조리 장비, 물품 운반 장치, 경작용 농기계 등 — 은 대부분 도입되지요. 기술은 사람을 대체하기 위한 것이 아니라, 생활의 품질을 높이고 인간의 시간을 확장하는 보조 수단으로 활용될 뿐입니다.

한편, 기존 시설물의 개보수나 새로운 시설물의 건설, 혹은 영토 확장을 추진하는 과정에서는 고도화된 AI 프로그램이나 건설 로봇이 적극적으로 활용될 겁니다. 이는 TMK의 발전을 효율적으로 돕기 위한 지성적·기술적 파트너로서의 역할이지, 인간 노동을 대체하기 위함이 아닙니다.

이렇듯 TMK의 문명은 단순한 기술의 총합이 아니라, '사람다운 삶을 지키기 위한 문명', '기술과 인간성의 균형을 추구하는 문명', '공동체 전체의 품격을 완성하는 문명'이라는 철학적 바탕 위에서 완성된다 하겠습니다.

문화란 한 사회나 공동체 안에서 형성되고 전승되는 생활 양식과 가치 체계의 총체를 의미하지요. 언어와 종교, 예술, 풍습, 의식 등 수많은 요소들이 문화라는 큰 그릇 속에서 어우러지며, 이는 그 사회가 어떤 정신을 품고 살아가는지, 어떤 세계관을 공유하는지 보여주는 가장 분명한 지표이기도 합니다. 결국 문화적 수준은 그 사회가 이룩한 성숙의 깊이, 그리고 사람을 대하는 방식의 품격을 그대로 반영한다 하겠습니다.

성숙한 문화를 갖춘 사회는 몇 가지 공통된 특징을 지닙니다. 즉 다양성과 차이를 폭넓게 포용하고, 정의와 공정성을 사회 운영의 중심에 두며, 각자가 맡은 책임을 성실하게 수행하는 공동체적 자세를 잃지 않습니다.

또한 신뢰와 투명성을 기반으로 공존을 도모하고, 예술과 창의적 표현을 장려하며, 구성원 모두에게 자율성과 참여의 기회를 열어 둡니다. 갈등이 발생하더라도 강제나 배제로 대응하지 않고, 대화를 통해 평화로운 해결을 추구하는 특징도 빼놓을 수 없지요.

이러한 관점에서 볼 때, TMK의 문화 수준은 현대 지구촌에서 선진국으로 평가받는 국가들의 '우수한' 문화적 요소를 조화롭게 통합한 형태라고 할 수 있습니다. 단순한 모방이나 표피적 차용이 아니라, TMK 고유의 환경과 가치관에 맞게 재해석, 재구성함으로써 한층 정제되고 보다 품격 있는 문화 생태계를 구축한 것이지요.

우선 TMK는 왕국민 개개인의 다양성과 창의성을 깊이 존중합니다. 교육과 학습의 중요성을 깊이 인식하고, 그 결과물 또한 사회 전체가 열린 마음으로 받아들입니다. 예술과 창작 활동에는 아낌없는 지원이 제공되고, 표현과 실험은 제약이 아닌 장려의 대상이 됩니다. 그 덕분에 왕국민의 일상에는 다양한 예술적 시도와 창의적 프로젝트가 끊임없이 이어지며, 이는 왕국 전체에 생동감과 활력을 가져오는 요소가 되는 건 당연하고요.

또한 TMK는 과학기술과 문화를 정교하게 접목시키는 데에도 주저하지 않습니다. 기술을 무작정 추구하는 것이 아니라, 문화적 성숙과 인간다운 삶을 보완하고 확장하는 방향으로 활용하게 되지요. 특히 문명적 진보를 이끌 수 있는 신기술이라 하더라도, TMK 특유의 아날로그적 가치 ─ 사람 간의 접촉, 감성, 자연 친화적 생활 방식 ─ 를 침해하지 않는 범위에서만 수용합니다. 이러한 절제된 균형 감각은 TMK가 단순한 '발전된 도시'가 아니라 인간의 삶 자체를 품격 있게 설계한 공간임을 보여 준다 할 것입니다.

더불어 TMK는 평등과 인권을 최우선 가치로 삼습니다. 이와 관련된 이슈가 발생하면 사회 구성원 누구나 참여할 수 있는 공론의 장을 마련해 다양한 의견이 제도적으로 보호받도록 합니다. 이는 의견의 차이가 충돌이 아닌 성찰과 성장의 계기가 될 수 있음을 보여 주는, TMK 특유의 성숙한 문화 방식이라 하겠습니다.

이러한 과정을 통해 TMK는 단발적인 유행이 아닌, 지속 가능한 고품격 문화를 차곡차곡 축적해 나갑니다. 이는 단순한 사회 제도의 차원을 넘어, 왕국의 통합과 발전을 이끄는 정신적·인지적 자원으로 작용합니다. 아울러 TMK의 비전과 미션 가운데 하나인 '선진적 문화 생태계의 형성·유지·발전'을 실현하는 핵심 토대가 되기도 하지요.

즉, TMK의 문화는 조용히 흘러가는 일상의 배경이 아니라, 왕국의 현재와 미래를 밝혀주는 지적 에너지이자 공동체의 영혼이라 할 것입니다.

 TMK 왕국민들의 인종 구성은 어떻게 되며, 또 언어나 관습, 규범은 어떻습니까?

TMK에 거주하게 될 왕국민들은 한국인[韓民族]을 포함하여 현재 지구상에 존재하는 다양한 인종(人種)으로 구성됩니다. TMK에서는 특정 인종이 차별을 받거나 반대로 특별한 혜택을 누리는 일은 존재하지 않습니다. 다만 TMK의 창시자이자 왕국민 선발의 절대적 권한을 가진 Honour가 한국인이라는 점 때문에, 자연스러운 영향력(?)으로 한국인의 비율이 다소 높아질 가능성은 있습니다.

성별이나 피부색, 신체적 특징 역시 선발에 어떠한 제한 요인도 되지 않습니다. TMK에서는 육체적·정신적 장애를 가진 이들은 선발되지는 않는데, 이는 차별의 문제가 아니라 TMK라는 특수한 구조가 초장기 체류형 공동체로 운영되기 위해 필요한 기본적 조건에 가깝다 하겠습니다. 현대인의 기준에서 보았을 때, 평균 이상의 외모와 건강한 신체 조건을 갖춘 이들이 상대적으로 선발될 가능성이 높지만, 이는 외모 중심의 선발이 아니라 TMK의 특성에 부합하는 건강성, 균형성,

조화로움에 대한 Honour의 판단 기준이 반영된 것입니다.

TMK에서는 한글과 영어, 이 두 가지가 공용어로 쓰이게 됩니다. 왕국민들은 TMK에 입성하는 순간부터 이미 두 언어를 완벽에 가깝게 구사할 수 있는 능력을 지닌 상태이며, 언어 습득에 대한 어려움이나 격차는 존재하지 않습니다. 이는 TMK가 처음부터 다인종 공동체를 염두에 두고 설계된 공간이며, 언어적 통일성은 공동체 내 소통의 효율성과 안정성을 유지하기 위한 필수 조건이기 때문입니다. 두 언어 외의 다른 어떠한 언어도 TMK에서 사용되지 않고요.

사회적 관습, 전통, 규범은 TMK에서 새롭게 형성됩니다. 과거 지구 세계, 즉 '이전[前世]'의 관습적 요소나 문화는 TMK로 계승되지 않습니다. 그 이유는 단순히 단절을 위한 단절이 아니라, 이전 세계의 문제점이나 불균형, 갈등을 반복하지 않기 위한 근본적인 재설계의 의미를 지니고 있습니다. 그럼에도 불구하고 인간 사회가 건강하게 유지되기 위해 필요한 합리적 질서, 공동체의 조화, 지속 가능한 가치 등은 새로운 형태로 TMK 안에서 재해석되어 자리 잡습니다. 이 과정은 단순한 모방이 아니라, Honour의 통찰과 왕국민 전체의 삶의 방식이 상호작용하며 형성되는 새로운 질서의 탄생에 가깝다고 하겠습니다.

TMK에서는 재미·의미·감동을 추구하는 개인의 삶이 곧 공동체 전체의 선(善)과 가치에 기여하는 구조를 이루게 됩니다. 개인의 만족과 공동체의 번영이 서로 충돌하는 것이 아니라, 자연스럽게 하나의 방향으로 정렬되는 질서를 만들어 내는 셈입니다. 바로 이러한 과정에서 TMK만의 독창적 관습과 전통이 서서히 만들어지며, 세월이 흐를수록 더욱 견고해질 겁니다.

천 년이라는 긴 시간을 관통해 지속 가능한 안정과 번영, 그리고 왕국민 모두가 함께 누리는 조화로운 행복을 구현하기 위해, TMK에서는 각 영역에서 새로운 기준과 원칙, 즉 뉴 노멀(New Normal)이 자리 잡습니다. 이 뉴 노멀은 정치·문화·교육·생활 방식·공동체 의식 등 거의 모든 분야에서 모습을 드러내며 TMK 문명의 뼈대를 이루게 됩니다. 결국 TMK의 문명은 인류가 과거에 경험했던 어느 사회와도 다르면서도, 인간 사회를 구성하는 본질적 가치를 가장 조화로운 형태로 재해석한 새로운 이상향적 질서로 완성되어 갈 겁니다.

 TMK에서 개인의 자유는 어떻게 보장됩니까? 왕국의 질서를 유지하는 데 있어서 개인의 권리와 의무는 어떻게 균형을 이루는가요?

TMK의 모든 왕국민들은 왕국 입성 때부터 '자유'를 기본권으로 부여받습니다. 왕국 안에서는 이동의 자유, 거주 이전의 자유, 의사 표현의 자유, 창작의 자유, 그리고 목표 활동 선택의 자유가 온전히 보장됩니다. 누군가의 자유를 억압하거나 제한하려는 행위는 TMK에서 찾아볼 수 없으며, 이는 왕국이 추구하는 본질적 가치이자 존재 이유이기도 합니다.

다만 TMK 밖으로의 이동은 오직 왕국에서 공식적으로 운영하는 크루즈 여행만 가능합니다. 이는 TMK 외부 세계가 '천국'의 질서와 성격을 공유하지 못하기 때문이며, 그곳의 저속한(?) 풍속과 문화가 왕국민들을 오염시키는 것을 방지하기 위함이기도 합니다.

왕국민들에게 외부 세계는 호기심의 대상이 아니라, 굳이 접촉하지 않아도 되는 그저 '무관심의 공간'일 뿐이므로 이러한 제한은 자연스럽게 받아들여집니다.

TMK에서 보장되는 모든 자유는 왕국이 정한 규정과 가이드라인 안에서 행사됩니다. 단 왕국의 질서를 무너뜨리거나, 왕국의 권위와 규범에 어긋나는 행위는 엄격히 금지됩니다. 자유가 방종으로 변질되지 않도록 하는 이 규범은 TMK라는 유토피아가 오래도록 유지되는 기초가 됩니다.

TMK에서 왕국민이 지켜야 할 의무는 지금의 세계와는 매우 다릅니다.

오늘날 한국을 포함한 대부분의 나라에서 당연시되는 국방·납세·근로·교육의 의무는 TMK에 존재하지 않습니다.

우선 TMK는 왕국을 수호하기 위한 군사적 체계 자체가 필요 없습니다. 바깥 세계와의 교류가 극히 제한되어 있으며, 분쟁이나 전쟁이 발생할 여지가 전혀 없기에 왕국민에게 국방을 위한 헌신을 요구하지 않습니다. TMK의 경계에는 '적(敵)'이라는 개념 자체가 존재하지 않는 셈이지요.

또한 납세의 의무도 없습니다. 왕국민은 매달 지급되는 생활비 100,000P를 개인의 필요에 맞게 자유롭게 사용할 뿐, 왕국의 운영을 위해 어떤 재정적 부담도 지지 않습니다. TMK의 경제 시스템이 왕국민에게 추가적인 의무를 요구하지 않는 이유입니다.

근로 또한 의무가 아닙니다. TMK에서는 직업이 없는 대신, 모든 왕국민은 자신이 이루고자 하는 목표 활동을 선택하여 꾸준히 매진할 뿐입니다. 이 목표 활동은 개인의 성취와 성장을 위한 핵심 요소이며, 왕국민이라면 누구든 '그저 놀고먹는 존재'로 머무는 것은 허락되지 않습니다. 즉 목표 활동이야말로 '일'이 아닌 '근로 의무'에 해당된다고 하겠습니다. 목표를 향해 나아가는 삶 자체가 TMK가 구현하는 유토피아의 근본이기 때문입니다.

교육 역시 정규적인 학제나 제도는 두지 않습니다. 그 대신 각자 선택한 목표 활동을 통해 살아 있는 지식과 지혜를 평생에 걸쳐 쌓아 가는 평생 학습만이 존재할 뿐이죠.

비록 TMK에는 지금 세계에서 당연시되는 의무들이 없지만, 왕국 차원에서 열리는 공식 행사나 왕국민 전체의 중요한 의사 결정 과정에는 반드시 참여해야 합니다. 이는 의무이면서 동시에 TMK 왕국민으로서 부여받은 권리이기도 합니다.

이처럼 TMK에서는 육체적·정신적·시간적·재정적 부담을 강요하는 의무는 존재하지 않지만, 그 대신 왕국민 모두가 자신에게 주어진 자유를 온전히 누리며, 각자의 목표를 향해 나아갑니다.

그 과정에서 그들은 진정한 행복을 발견하며, TMK라는 이상 세계는 그러한 자유와 성취의 조화를 통해 비로소 완성되어 간다 하겠습니다.

 앞서 왕국의 하인(서번트)에 대해 여러 차례 언급했듯, 왕국의 운영과 유지를 위해서는 그들의 노동력과 서비스가 필수적이겠지요. 그들의 절대적 조력과 헌신이 필요할 것으로 보입니다. 하인들에 대해서 좀 더 구체적으로 설명해 주시죠.

TMK에는 왕국의 운영과 유지, 그리고 왕국민을 섬기는 일을 위해 반드시 필요한 존재인 서번트(Servants, 하인)들이 있습니다.

서번트는 왕국민 선발 기준에 미달한 이들로, 다시 말해 지금의 세상에서 ○○○○○인으로서 그저 '착하고 성실하게 살아온' 평범한 사람들이 이에 해당됩니다.

이들은 TMK에서 500년 동안 서번트로 봉사한 뒤 다른 세상(?)으로 떠나며, 이후 500년은 새로운 서번트들이 이어받아 TMK 시즌2를 맡습니다. 이들은 TMK에서 머무는 500년 동안 지금 사람들의 20~30대 체력과 활력을 그대로 유지합니다.

왕국민과 마찬가지로 개인적으로 '선택'을 받아 TMK에 입성했기에 이들에게 가족, 친지 등의 개념은 없습니다. 다만 서번트끼리 서로 사랑의 감정을 나누는 것은 허용되지만, 2세를 갖는 것은 불가능합니다.

서번트들 대부분은 각 분야에서 우수한 역량을 갖춘 이들로 TMK 전체에는 총 10,000명의 서번트가 있습니다. 남녀 비율은 각각 절반 정도의 분포이고요.

앞서 설명한 대로 Honour Town에 1,600명, 그리고 왕국민들이 거주하는 세 개의 타운에 각각 2,800명씩 배치되어 있습니다.

참고로 Honour Town에 배치된 1,600명은 다음과 같이 시설별 또는 역할별로 인원이 할당돼 있어요.

TMK Palace 200명(게스트 하우스, 후원 포함), TMK Royal Golf Club 200명, TMK MD Center 150명, TMK MTC & Mall 150명, TMK Music Auditorium 40명, TMK Stadium 60명, HoS(TEP, HoL, 크루즈 포함) 220명, TMK Grand Bridge 50명, TMK Tower 30명, Sea Leports Zone 60명, TMK Mountain(산장 포함) 80명, Flower Garden 70명, Fruits Farm 50명, Farmland 60명, Horse Park 40명, 물류 담당(구매 조달 등) 50명, 영토 확장(Land Plus) TF 50명, 서번트 빌리지 40명 등 근무지별, 업무별 18개 파트로 나뉘어 배치돼 있습니다.

서번트들은 각 타운의 사정이나 개인의 희망에 따라 근무지를 옮기거나 업무를 바꿀 수도 있습니다.

한편 Honour Town에서 추가로 인력이 필요할 경우 EBT 등 세 개의 왕국민 타운에서 일부 서번트들이 일정 기간 파견 근무를 오기도 합니다. TMK 차원의 대규모 프로젝트(예: 영토 확장, 주요 시설 리뉴얼 공사 등)가 추진될 때도 이들 세 개의 타운에서 일부 서번트들이 차출돼 투입되기도 합니다.

각 타운에도 배치된 2,800명의 서번트들에겐 각자의 역할에 따라 다양한 업무가 주어집니다. 특히 전문적인 역량을 가진 상당수 서번트

들은 각 타운 내에서 왕국민들의 목표 활동을 돕는 트레이너나 조교
(Teaching Assistant) 역할을 맡기도 합니다.

한편 TMK에서는 Honour를 제외한 어느 왕국민도 개인적으로 서번트(Private Servants)를 고용하는 건 허용하지 않습니다.

모든 서번트들은 기본적인 의식주를 무상으로 제공받으나, 왕국민들이 누리는 어떠한 권리도 갖지 못합니다. 그들에게 주어진 절대적 의무는 단 하나입니다. 왕국민에 대한 무한한 섬김, 그리고 왕국에 대한 변함없는 충성.

서번트들은 충성과 순종, 섬김의 본성을 타고난 존재로, 왕국민들의 일상생활에 필요한 일체의 편의를 위해 모든 노력과 정성을 기울입니다. 또한 서번트로서의 생을 타고난 숙명으로 받아들이며, 자신이 섬기는 왕국민의 기쁨과 행복을 위해 헌신하는 삶을 스스로의 소명이자 가장 큰 보람으로 여깁니다.

서번트가 왕국민의 지시에 불응하거나 불순종할 경우, 즉시 TMK에서 추방되는 즉결 처분을 받는데 이는 사실상 '죽음'과 동일합니다. 그러나 이러한 처분은 거의 발생하지 않으며, 서번트들은 자신의 사명을 명예롭고 성실하게 수행할 뿐입니다.

 TMK의 최고 지도자인 Honour는 하루하루를 어떻게 보내는지, 그의 일상생활 또한 매우 궁금합니다.

Honour의 일상은 곧 자신이 세운 삶의 목표와 왕국민들의 공동 목표를 하나로 포개는 과정 속에서 이뤄집니다. 그는 개인의 삶과 통치자의 역할을 구분하지 않으며, 왕국의 평화와 번영, 그리고 왕국민 모두의 행복과 사랑을 실현하는 일을 매일 수행해야 할 하나의 미션으로 받아들이고 살아갑니다. 통치권 행사는 그에게 권력이 아니라 책임이며, 동시에 삶의 방향을 규정하는 기준이 됩니다.

Honour의 삶을 관통하는 모토 역시 재미, 의미, 감동에 맞춰져 있지요. 그는 스포츠와 문화 예술 분야의 활동을 특히 즐기며, 이를 개인적 취미를 넘어 왕국민들의 퍼포먼스를 끌어올리는 동기 부여의 수단으로 적극 활용합니다. 대부분의 시간을 왕국민들과 함께 보내고, 때로는 TMK 외부에서 초대된 게스트와 '일합(一合)'을 겨루며 새로운 자극과 긴장감을 즐기기도 하지요.

그의 생활 리듬은 비교적 규칙적입니다. 주중 월요일부터 목요일까지는 Royal Palace에서 머물며 공식 업무와 일상 활동을 병행하고, 금요일부터 토·일요일까지는 주로 HoS, HoL, TEP에서 시간을 보냅니다. 이 공간들은 휴식의 장소이자 교류와 연회의 무대이기도 합니다.

한 달에 한두 차례는 왕국민들이 거주하는 타운을 직접 찾아가 왕국민들을 위한 서프라이즈 이벤트를 갖기도 하지요. 공식 일정이 아닌 날에는 버스킹 공연에 불쑥 등장하거나, 푸드 코트 급식 서비스에 참여하고, 때로는 왕국민의 주택을 방문하는 '깜짝 등장'을 통해 예상치 못한 감동과 웃음을 선물하지요. 이러한 소소한 행보들은 왕국민들에게 Honour를 더욱 친근한 존재로 느끼게 만드는 중요한 장면들이라 하겠습니다.

Royal Palace에서 지낼 때는 문화 예술 활동과 골프, 테니스 등을 즐기며, 왕국민들과의 만남과 대화, 토론에도 많은 시간을 보냅니다. 저녁에는 주로 Royal Palace 오디토리움 홀에서 열리는 각종 공연 등을 왕국민들과 함께 관람하며 하루를 마무리하곤 합니다.

Honour는 악기 연주를 특히 좋아하며, 독서와 글쓰기, 작곡, 스케치, 캘리그라피, 바둑과 체스 등에도 깊은 애정을 갖고 있습니다. 한 달에 한 번은 인상적인 퍼포먼스를 보여 주었거나 특별히 마음에 남은 왕국민 한 명을 선정해, 직접 그린 인물화(Portrait)를 선물합니다. 이 작품은 매달 열리는 TMK Monthly Conference에서 공개되며, "이번 달의 주인공은 누구일까?" 하는 기대감이 왕국 전반에 작은 설렘으로 퍼지곤 합니다.

이렇듯 Honour는 인문학과 자연 과학, 문화 예술과 스포츠에 이르기까지 폭넓은 조예와 식견을 갖추고 있으며, 실행 능력 또한 TMK 내에서 톱 클래스 수준입니다.

HoS와 HoL, TEP에서는 뛰어난 퍼포먼스를 보여준 왕국민, TMK 운영위원회, 각 타운의 매니저 그룹 등이 초대되어 Honour가 베푸는 연회에 함께합니다. 이곳에서는 Honour와 함께 골프, 테니스, 낚시, 체스 등을 즐기기에 왕국민이라면 누구나 이 분야의 실력과 기량을 키우기 위해 평소 많은 시간과 노력을 기울입니다.

때때로 TMK에는 왕국민이 아닌 외부 세계의 이방인(?)이 게스트로 초대돼 Honour와 함께 시간을 보내기도 합니다. 이들은 주로 Honour가 즐겨하는 스포츠나 취미 활동을 함께하는데, 현재 기준으로 세계적인 전문가나 프로 수준의 실력을 갖춘 이들입니다. 그러기에 Honour와 게스트들이 펼치는 경기나 게임은 언제나 재미와 박진감이 넘치고, 왕국민들은 직접 관람하거나 TV 시청을 통해 열렬히 응원을 보내지요.

Honour는 그가 즐기는 모든 분야에서 TMK 내 최고 수준의 실력을 갖추고 있어, 왕국민은 물론 외부 게스트와의 대결에서도 늘 화제를 불러일으킵니다. 그의 선택과 행보 하나하나가 곧 TMK의 이야기이자 역사로 기록되며, 오늘의 일상은 내일의 전설이 되어 왕국의 서사 속에 차곡차곡 쌓여 갑니다.

Honour에게는 왕국민 중 동거 비서 3명과 수행 비서 15명 등 총 18명의 비서진이 있으며, 이들은 Honour의 모든 일상과 공식 활동을 보좌하는 핵심 인력입니다. 이들은 비서(Secretaries)라는 명칭을 넘어 Honour의 수족처럼 움직이며, TMK의 안정적 운영을 뒷받침하는 중추적 역할을 맡습니다.

동거 비서는 수면 시간을 제외한 하루 대부분을 Honour와 함께하며, 그의 일상 전반을 가장 가까운 거리에서 직·간접적으로 지원합니다. 수행 비서들은 Honour의 모든 공식 일정을 계획·조율·진행하는 실무의 중심축이라 할 수 있지요. 두 그룹은 역할은 다르지만 상호 유기적으로 맞물려 Honour의 하루를 완성합니다.

동거 비서는 매년 TMK에 새로 입성할 왕국민 가운데 Honour가 직접 선택한 3명이 그해의 역할을 맡게 됩니다. 이 구조는 30년 동안 유지되어 총 90명의 동거 비서 그룹이 형성되며, 이후에는 이들 가운데 매년 3명이 지정 동거 비서로서 '영예로운 임무'를 수행하게 됩니다. 이는 일반 왕국민이 TMK 시작 시점에 일괄 입성하는 방식과는 전혀 다른, Honour 직속 인력만의 특별한 선발 체계라 하겠습니다.

한편 동거 비서는 Honour를 보좌하다 100년이 지나면 본인의 희망에 따라 비서직을 내려놓고 일반 왕국민의 삶을 선택할 수 있습니다. 이로 인해 생기는 동거 비서 결원은 TMK Palace에서 Honour와의 삶을 '간절히 원하는' 왕국민들 중 엄격한 오디션과 검증을 거쳐 Honour의 선택을 받게 됩니다. 이 과정 자체가 동거 비서라는 직무가 지닌 상징성과 무게를 잘 보여 준다 하겠습니다.

Honour 직속인 동거 비서들은 Royal Palace와 연결된 BP(Behind Palace), 즉 후원(後園)에 거주하면서 Honour의 대부분 일정을 함께 소화하지요. Honour와 함께 각종 이벤트나 활동에 직접 참여하거나, 관중·관객이 되어 Honour를 응원하는 역할도 수행합니다. 이들은 Honour의 활동과 사유, 리듬을 가장 깊이 이해하는 인물들로, 그의 인간적 면모와 통치자의 모습을 가장 가까운 거리에서 지켜보며 보좌합니다.

수행 비서는 왕국민들 중 가장 모범적이고 신뢰할 수 있는 인물을 대상으로 Honour가 직접 선발합니다. 집무 3명, 의전 3명, 수송 3명, 기록 4명, 예비 2명 등 총 15명으로 구성된 수행 비서진은 Honour의 스케줄 설정을 비롯 연락 조율, 이동 관리, 수행 및 기록 업무를 체계적으로 분담합니다.

동거 비서와 수행 비서 모두 TMK 운영위원회 매니저급과 동등한 권위와 영향력을 지니며, 그들의 발언과 판단은 왕국 운영 전반에 실질적인 무게를 가집니다. 1년 임기의 애뉴얼 동거 비서는 **TMK** 30년 이후 최대 3년까지 임기 연장이 가능하며, 수행 비서는 기본 3년 임기를 수행합니다. 두 직군 모두 Honour의 신임과 자신의 퍼포먼스에 따라 임기 연장이 이뤄지는 유동적 구조를 갖고 있습니다.

동거 비서와 수행 비서들은 단순한 직무 수행을 넘어, Honour에게 최대의 헌신과 충성을 바치는 존재들입니다. 이들은 Honour와 왕국민을 연결하는 중요한 매개자이며, Honour의 권위를 지탱하고 고양시키는 '수호자 그룹'으로 기능합니다. 그들의 존재는 **TMK**의 질서와 품격을 유지하는 핵심 축이자, Honour 체제가 평온하며 안정적으로 작동하는 데 있어 필수적인 기반이라 하겠습니다.

TMK에는 오늘날 각국에서 운영되는 정규 학업 과정, 즉 학교를 중심으로 한 교육 제도가 존재하지 않습니다. TMK에 입성하는 모든 왕국민은 이미 대학 졸업자 이상의 지식과 교양, 그리고 일정 수준 이상의 자기 성찰 능력을 갖춘 상태이기 때문에, 기초 학력이나 표준화된 교육을 다시 제공할 필요가 없기 때문이지요. 다시 말해 TMK는 '배워야 할 사람'을 교육하는 사회가 아니라, '이미 준비된 사람'이 스스로를 확장해 가는 사회라 할 수 있겠습니다.

이런 전제 아래 TMK의 교육은 평생 학습 개념에 가까운 '심화 러닝(Deep Learning)'과 스스로 목표를 설정하고 탐구하는 자발적(Self) 학습 중심으로 운영됩니다. 각 타운의 아카데미에서는 왕국 입성 초기 단계에서 TMK의 생활 방식, 기본 규정, 공공 매뉴얼과 가이드라인 등을 안내하지만, 이는 교육이라기보다는 공동체 적응을 위한 오리엔테이션에 가깝습니다.

그 이후의 학습은 전적으로 왕국민 개인의 선택과 의지에 맡겨집니다. 누구는 예술과 인문학을 깊이 파고들고, 누구는 과학기술이나 자연 연구에 몰두하며, 또 다른 이는 스포츠나 신체 능력 향상에 집중합니다. 의무적으로 이수해야 할 정규 커리큘럼은 존재하지 않으며, 1,000년에 이르는 TMK의 삶 동안 지속되는 것은 오직 스스로 선택한 배움과 수련, 그리고 성찰뿐이라 하겠습니다.

TMK에서는 이와 맞물려 사실상 '직업'의 개념도 없습니다. 노동을 통해 재화를 획득할 필요가 없기 때문에, 오늘날의 직업(Job)처럼 생계를 위해 육체적·정신적 노력을 투입해야 하는 일자리는 존재하지 않습니다. 왕국민에게 노동은 생존 수단이 아니라 선택 가능한 목표 활동의 하나일 뿐이지요.

다만 자신의 전문 지식이나 숙련된 기술을 바탕으로 다른 왕국민을 돕고자 하는 경우, 일정 기간 티칭(Teaching)이나 코칭(Coaching)의 역할을 맡을 수 있습니다. 이는 의무가 아닌 자발적 선택이며, 보상이나 지위 획득을 위한 활동이 아니라 공동체 내 지식과 역량을 순환시키는 재능 나눔의 성격을 지닙니다. 전문가라 하더라도 특정 시기에만 교습자 역할을 수행하며, 그 이후에는 다시 자신의 목표 활동으로 돌아가는 것이 일반적입니다. 왕국민에게 더 중요한 것은 어디까지나 자신의 목표를 향한 성장과 레벨 업이므로, 대부분의 에너지는 그 개인적 성취를 위해 집중된다고 하겠습니다.

한편, 육체적 활동 그 자체에서 성취와 만족을 느끼고 싶어 하는 왕국민들을 위해 TMK에는 '체험적 잡(Experiential Job)' 제도가 마련돼 있습니다. 이는 요리사, 헤어 디자이너, 엔지니어, 정원사, 드론 조종

사 등 다양한 역할을 일정 기간 직접 경험해 보는 방식으로, 책임과 부담이 없는 순수한 체험 활동입니다. 이러한 경험은 결과나 효율보다 과정과 몰입의 즐거움에 초점이 맞춰져 있으며, TMK 특유의 자유로운 삶의 한 방식을 잘 보여 주는 제도라 하겠습니다.

기본적으로 TMK의 모든 실질적 노동과 운영 업무는 서번트(Servants)들이 전담합니다. 서번트들은 각자의 능력과 적성에 맞는 역할(Role)을 맡아 왕국민의 생활 편의, 시설 운영, 서비스 제공을 직업적으로 수행합니다. 각 타운에서 제공되는 안정적이고 높은 수준의 서비스는 바로 이 서번트 시스템을 통해 유지되며, 이는 TMK 운영의 핵심 기반이라 할 수 있습니다.

서번트는 일정 조건을 충족할 경우 직무 전환을 신청할 수 있습니다. 예컨대 오랜 기간 Emerald Beach Town 아카데미에서 수영 조교로 근무하던 서번트가 Honour Town에서 요리사 역할을 희망한다면, 정해진 절차와 역량 검증, 심사를 거쳐 전환이 허용될 수 있지요. 다만 TMK에서는 무엇보다 왕국민의 편의와 안정이 최우선 가치이기 때문에, 서번트의 직업 변경은 극히 제한적으로 운영되며 TMK 운영위원회의 승인 없이는 이루어지지 않습니다. 그 사례 또한 매우 드물어, 한 번 맡은 역할에 대한 책임과 전문성이 매우 중시되는지를 보여준다 하겠습니다.

이렇듯 TMK의 교육과 직업, 노동의 구조는 경쟁과 생존이 아닌 성장과 선택, 그리고 공동체의 조화를 중심으로 설계되어 있으며, 이는 TMK 문명과 문화의 근간을 이루는 중요한 축이라 할 수 있습니다.

 현재의 기준으로 볼 때 TMK의 총면적이 하나의 도시 규모이므로 3만 명이 살아가는 데 있어서 생활 공간으로는 부족함이 없을 것으로 보입니다. 그러나 천 년이라는 긴 세월을 살아간다면 '공간의 협소감'이 생기지 않을까요? 또한 한 곳에서 오랫동안 살다 보면 동일한 시설과 환경에서 오는 '식상함'도 느껴질 것 같은데요.

예상하고 있던 질문입니다. TMK의 총면적이 약 160㎢라 하더라도, 사방 길이가 평균 40㎞에 불과한 공간인 만큼 수십 년만 살아도 발길이 닿지 않은 곳이 거의 없게 됩니다. 산과 강, 들과 호수는 물론 각종 시설과 거리, 동선까지도 결국 고고샅샅 섭렵하게 되지요. 이처럼 익숙함이 만성화되면, 아무리 아름답고 완성도 높은 환경이라 하더라도 일정 시간이 흐른 뒤에는 식상함과 단조로움이 찾아올 수 있겠지요.

이러한 특성을 충분히 고려해, TMK는 내부적으로 50~100년 주기로 주요 시설과 구조물에 대한 리빌딩과 리모델링을 체계적으로 진행합니다. 도시의 기본 골격과 상징성은 유지하되, 주택과 공공시설, 골프장, 문화 공간 등은 부분적 혹은 전면적인 개보수를 통해 전혀 새로운 모습으로 재탄생하게 됩니다. 그 과정에서 더욱 진전된 기술과 신공법, 최신 시스템이 도입되며, 왕국의 풍경과 생활 방식은 시대에 맞춰 지속적으로 변신합니다. 다만 역사적·문화적 가치가 높은 시설은 손

대지 않고 '천 년의 유산'으로 지정해 철저히 보존하지요.

한편 TMK의 미래를 풍성하게 만드는 또 하나의 축은 외부 확장입니다. 세 개의 TMK Mountain 뒤편으로는 아직 손길이 닿지 않은 광활한 자연, 즉 대지와 산, 들과 강, 호수가 끝없이 펼쳐져 있습니다. TMK는 이 미지의 공간을 10년 혹은 20년 단위로 수 ㎞씩 점진적으로 편입하며 영토를 확장해 나갈 계획입니다. 필요하다면 대양을 향한 해상 개척 또한 추진하겠지요.

이처럼 새롭게 포함되는 영토는 그 자체로 하나의 신비이자 호기심의 원천이 되어, 수십, 수백 년을 살아가는 왕국민들에게 새로운 활력을 불어넣어 줍니다. 미지(未知), 미답(未踏)의 땅을 왕국민 스스로의 상상과 의지로 개척해 나가는 경험은 특별함을 넘어, 설렘과 흥분이 공존하는 강렬한 동기가 될 것입니다. 확장된 영토에는 왕국민의 수요와 취향을 반영한 다양한 프로젝트가 추진되며, 그 과정에서 TMK의 미래는 지금보다 훨씬 다층적이고 풍요로운 모습으로 확장될 겁니다.

신규 프로젝트로는 기존 타운에서는 구현하기 어려웠던 대규모 위락 시설, 리조트, 테마 파크, 액티비티 단지, 그리고 안전성을 충분히 확보한 저위험 익스트림 레포츠 시설 등이 포함될 것으로 전망됩니다.

예컨대 타운 내 제한 속도 때문에 질주 본능을 해소하지 못했던 왕국민들을 위해, 별도의 자동차 경주용 트랙을 신설하는 방안도 하나의 프로젝트가 될 수 있겠지요. 이곳에서는 시속 200~300㎞를 넘나드는 스포츠카와 레이싱카를 마음껏 체험할 수 있을 것입니다.

참조: AI 생성 영토 확장에 따라 조성될 휴양지 이미지

레이스 시설은 전문 선수를 위한 정규 서킷과 일반 왕국민을 위한 카트 체험장으로 구분해 모두가 즐길 수 있도록 구성되며, 스피드의 세계를 감상할 수 있는 그랜드 스탠드 역시 마련돼 하나의 새로운 여가·문화 공간으로 기능하게 됩니다. 물론 이러한 시설은 무엇보다 안전을 최우선으로 설계하며, 일반 시설보다 훨씬 강화된 규정과 시스템을 전제로 합니다.

이 모든 프로젝트를 총괄하기 위해 TMK MD Center의 〈Development 파트〉에는 영토 확장과 리빌딩·리모델링을 전담하는 LPTF(Land Plus Task Force)가 설치돼 있습니다. LPTF는 설계와 공사를 두 개의 트랙으로 나누어 단계별 추진 계획을 수립하며, 통상 5년 내외의 설계 기간 이후 5~10년 이상의 공사 기간을 투자하는 장기 프로젝트 방식을 따릅니다. 시설 규모에 따라 공사 기간이 10년을 훌쩍 넘길 수도 있겠지요. 대규모 공사가 필요한 경우, 일정 기간 TMK 외부 세계에서 이주 노동자가 유입될 수도 있겠지요.

설계 단계에서는 기존 시설의 개보수 필요성을 우선적으로 진단하고, 개보수 또는 신축 여부는 왕국민 의견과 안전 진단 결과를 절대 기준으로 삼습니다. 영토 확장 프로젝트 역시 '탐사 → 장소 선정 → 대상 결정 → 설계 → 공사'의 절차를 따르며, 새 지역에 대해서는 약 5년간 지형·지질·생태 조건을 면밀히 조사한 뒤 본격적인 설계에 들어갑니다. 이 과정에서 반드시 왕국민을 대상으로 한 아이디어 및 디자인 공모가 진행될 것입니다.

무엇보다 중요한 점은 모든 프로젝트가 단계마다 왕국민의 의견 수렴 절차를 포함한다는 사실입니다. 이를 통해 왕국민 개개인은 TMK의 영토를 '누군가가 만들어 준 공간'이 아닌, 스스로 개척하고 확장해 나가는 '주체적 경험'을 갖게 할 겁니다. 이는 매주 중요한 의미를 갖습니다. 왕국 운영의 모든 과정에서 왕국민을 객체가 아닌 주체로서 '주인 의식'을 확고히 하는 것, 바로 이것이 TMK가 지향하는 핵심 철학이며, 모든 왕국민이 TMK의 진정한 주인으로 살아가도록 하는 가장 중요한 토대라 하겠습니다.

Q-44 왕국민들의 목표 활동을 통해 산출되는 결과물 가운데
에는 왕국의 발전을 촉진할 만한 다양한 연구나 기술,
개발 성과가 있을 텐데, 이러한 성과들은 TMK 발전을
위해 어떤 방식으로 활용되나요?

왕국민들의 끊임없는 지식 탐구와 지혜의 축적은 여러 분야에서 그
들의 삶의 질을 한 단계 더 끌어올리고, 나아가 TMK의 지속적인 발전
과 영화(榮華)를 떠받치는 든든한 기반이 됩니다.

연구와 탐구, 기술의 진전, 획기적 개발 등 목표 활동을 통해 생산되
는 각종 성과물은 왕국의 성장과 번영이라는 대의를 실현하는 데 있어
말 그대로 '필요충분조건'이라 할 수 있지요.

이 때문에 TMK는 자신의 시간과 열정을 아낌없이 투자해 새로운 지
식과 기능을 쌓아가는 왕국민들을 적극적으로 장려하며, 그에 걸맞은
인센티브도 기꺼이 제공합니다. 그들의 노력이 곧 TMK의 자산으로
연결되기 때문입니다.

그러나 TMK에는 특이한 원칙이 하나 있습니다.

"빠른 변화는 곧 불필요한 소란"이라는 기본 철학이지요.

TMK는 처음부터 '낙원(Paradise)'의 조건을 충족한 세계이기에, 왕국

민들에게는 더 나은 환경을 바라는 욕망의 기제가 별로 작동하지 않습니다. 이미 현재가 충분히 충만한 상태이니, 굳이 서둘러 문명을 확장하거나 문화를 혁신하려는 욕구가 자연스럽게 약할 수밖에 없습니다.

그런 측면에서 TMK에서는 어떤 신문명·신기술·신문화의 도입에 있어서도 깊은 숙려 기간을 거치며, 빠른 변화보다는 안정된 일상과 지속 가능한 만족감을 우선시합니다.

'빨리빨리'가 개입될 여지가 없는 왕국민들의 생활 양태는 자연히 보수적이고, 변화는 '필요할 때, 그것도 아주 천천히' 찾아오는 셈이지요.

왕국민들에게 '발전'이라는 개념은 지금과 같은 '완전한 삶'을 뒤흔들지도 모르는 낯선 방향성처럼 느껴집니다. 따라서 TMK는 발전을 위한 부담을 왕국민들에게 굳이 권장하지 않습니다.

물론 학습 과정에서 목표 설정과 성취에 대한 동기 부여는 반드시 필요합니다. 하지만 그 결과물을 실제 생활이나 제도에 바로 적용하는 건 별개의 문제입니다. 배움은 배움대로, 발전은 발전대로 천천히, 충분한 시간이 흐른 뒤에 생각하고 적용하는 것이 TMK의 방식이지요.

TMK의 운영 방침을 한마디로 요약하면 다음과 같습니다.

"현재가 넘칠 만큼 충분해질 때까지, 변화는 기다린다."

왕국민들이 현재의 문명과 문화를 마음껏 즐기고 향유하다가, 일종의 '행복 매너리즘'이 찾아올 즈음에야 비로소 조심스러운 변화를 고려하는 구조입니다.

다만 왕국민들의 목표 활동을 통해 얻어지는 다양한 성과물들은 결코 사라지거나 방치되지 않습니다.

그 모든 지식과 기술은 TMK의 소중한 자산으로 꾸준히 축적되며, 필요하거나 적절한 시기가 되면 조용히 세상 밖으로 모습을 드러냅니다.

TMK의 MD Center 안에는 'Achievement Bank'라 불리는 일종의 보물 창고가 있는데, 각종 연구 성과와 기술적 산물들이 모두 이곳에 차곡차곡 보관됩니다.

천 년의 세월 동안 하나둘 꺼내어 활용해 보는 재미는 TMK가 누리는 또 하나의 특권이라 할 수 있겠지요.

왕국민들은 서두르지 않지만, 그 느긋함 속에서 오히려 1,000년이라는 시간이 주는 깊은 축적과 풍요를 누리는 셈입니다.

TMK의 역사는 곧, 시간을 초월한 지혜와 창조의 기록이며, 왕국민들의 작은 성취가 모여 거대한 문명을 형성하는 대(大)서사로 이어집니다. 속도보다 품격, 즉시보다 지속, 그리고 욕망보다 성찰이 존중되는 이 땅에서, 모든 성과는 단순한 '결과'가 아니라, 천년의 왕국을 이루는 '보물'이 된다 하겠습니다.

Q-45 **천년 왕국에는 왕국 운영에 있어서 또는 왕국민들 간 갈등 요소는 없습니까?**

TMK의 통치 체제는 Honour를 정점으로 한 단일 구조이기에, 왕국의 거시적 운영에서 비롯될 수 있는 갈등이나 마찰은 애초에 생겨날 틈이 없습니다. Honour의 지식과 지혜, 그리고 판단은 언제나 절대선(善)을 지향하며, 그로 인해 TMK는 완전함에 가까운 조화를 이루는 공동체로 나아갑니다.

왕국 운영의 모든 과정과 절차는 TMK가 마련한 규정과 세부 가이드라인을 따라 엄정하게 진행되며, 주요 판단과 결정은 Honour의 승인 아래 최종 확정됩니다. 따라서 현대 사회에서 흔히 볼 수 있는 복잡한 이해관계, 갈등 구조, 제도적 불균형 등은 TMK에서는 거의 찾아볼 수 없습니다. 마치 불필요한 소음을 모두 지워낸 듯, 왕국은 늘 맑고 균형 잡힌 흐름 안에서 움직입니다.

더욱이 TMK에서는 의식주가 사실상 무상으로 제공되며, 물질의 소유나 축적 또한 별 의미를 갖지 않습니다. 자산을 통해 누군가가 우위를 점하거나, 결핍 때문에 누군가가 고통받는 구조 자체가 존재하지 않습니다. 그러니 왕국민들 사이에서 분쟁, 경쟁, 차별이 생겨날 이유도 자연히 사라지고요. 여기에 더해 모든 왕국민은 기본적으로 순수함과 온유함을 품고 있어, 언제나 이웃을 배려하는 마음을 삶의 기본 자세로 삼습니다.

이 같은 품성은 우연의 산물이 아닙니다. 왕국민을 선발하는 과정에서 개개인의 성품과 정신적 성향이 '프로필 레퍼런스(Profile Reference)'에 정교하게 기록되며, Honour는 이를 토대로 왕국민이 될 만한 이들을 선발하기 때문입니다. 그래서 TMK의 구성원들은 누구에게도 짐이 되지 않고, 서로를 돕는 데 익숙한 이들로 채워지게 되는 것이지요.

그럼에도 인간이 완전한 존재가 아닌 이상, 사소한 오해나 작은 불만이 발생할 가능성은 남아 있습니다. 삶이 아무리 평온해도, 인간이 모여 사는 곳에서는 순간적인 감정의 균열이 생겨날 수 있지요. 그런 경우에는 각 타운에 설치된 운영위원회(Commission)가 조정을 맡습니다. 운영위원회는 타운 운영의 절대적 권한을 가진 아홉 명의 매니저들로 구성되며, 그들은 사안의 경위를 세심하게 수렴해, 가장 합리적이고 공정한 해결책을 찾아냅니다.

운영위원회의 판정에 대한 왕국민들의 신뢰는 거의 절대적입니다. 그들의 결정은 개인을 향한 서릿발 같은 명령이 아니라, 공동체 전체를 향해 내리는 따뜻한 균형의 선언에 가깝기 때문입니다. 그러나 혹여 운영위원회의 판단에 심각한 오류가 있다고 느끼는 왕국민은, 10명 이상의 동의를 얻어 TMK 운영위원회에 진정을 할 수 있습니다. 지금의 시각으로 본다면 일종의 '재심 청구'라 할 수 있지요.

이러한 구조 위에서 TMK는 인간이 오래전부터 꿈꿔 온 '이상향(理想鄉), 유토피아'를 현실에 구현합니다. 자원은 넉넉하며, 물질의 흐름은 공정하고 자유롭고, 운영 시스템은 거의 흠잡을 곳이 없습니다. 무엇보다도 왕국민들의 마음가짐과 정신은 아름다운 공동체를 최선의 가치로 삼아, 서로를 빛나게 하고 서로를 지탱합니다.

모든 왕국민이 건강한 육체를 바탕으로,

정신적·도덕적으로 최상의 삶을 누리는 곳.

삶의 부족함이 없고,

마음의 어둠이 스며들 틈이 없으며,

공동체의 조화가 매 순간 이어지는 곳.

그런 세계가 있다면, 망설임 없이 '천국', 혹은 '낙원'이라 부를 수 있지 않을까요. TMK는 바로 그 이상적인 세계를 현실의 구조 위에 정교하게 세워 올린, 인간이 도달할 수 있는 최상의 공동체라 할 수 있을 것입니다.

 그럼에도 불구하고 남녀 간의 교제나 연애를 할 경우 필연적으로 갈등이 생길 수 있다고 봅니다. TMK에서 이러한 남녀 간에 생기는 문제를 예방하거나 해결하기 위한 솔루션은 무엇인가요?

인간이 본능적으로 번식을 통해 종족을 이어 가는 존재이지만, TMK에서는 자손을 낳지 않기 때문에 남녀 관계의 본질적 속성과 이해 방식이 지금의 인류가 살아가는 세계와는 크게 다르다고 할 수 있습니다.

물론 이성에 대한 동경과 사랑의 감정은 왕국민 누구에게나 존재합니다. 다만 그 감정이 갈등이나 소유욕, 혹은 파괴적 관계로 번지는 일은 TMK에서는 거의 찾아볼 수 없습니다. 이는 결혼이라는 제도가 존재하지 않으며, 2세를 생산하지 않는다는 점, 그리고 왕국민의 본성이 누군가를 독점하려는 욕망보다 상대의 감정과 자유를 존중하는 태도를 우선시하도록 정교하게 조율되어 있기 때문입니다.

TMK에서 남녀 관계는 오로지 '상호 합의'라는 단순하면서도 강력한 원칙 위에서 작동합니다. 어느 한쪽이라도 합의를 원치 않거나 관계를 종료하기를 바란다면, 그 이유와 사정이 무엇이든 상대는 이를 수용해야 합니다. 재고의 여지도, 설득의 여지도 없습니다. 그만큼 타인의 선택을 존중하는 문화가 왕국의 가장 깊은 윤리적 기반으로 자리 잡고 있기 때문이지요.

그럼에도 인간이 관계를 맺는 존재라는 사실은 변하지 않기에, 예기치 못한 갈등이 생길 가능성을 TMK 역시 완전히 배제하지는 않습니다. 사랑, 우정, 동료애, 그리고 일상의 다양한 상호작용 속에서 언제든 작은 균열이 생길 수도 있기 때문입니다.

이 때문에 TMK는 모든 타운에 전담 카운슬링 조직을 설치하여 '관계 문제'를 선제적으로 예방하고, 갈등이 발생했을 때 신속하고 정확하게 해결할 수 있는 체계를 마련해 두지요.

이 조직은 두 개의 축으로 구성됩니다. 하나는 카운슬러(Counselor)로, 감정적·심리적 지지와 대화를 통해 당사자들이 자신의 감정을 이해하고 정리하도록 돕습니다. 다른 하나는 컨설턴트(Consultant)로, 보다 분석적이고 객관적인 관점에서 상황을 진단하고 해결책을 제시합니다.

이 두 역할이 서로 균형을 이루며 문제를 다각도로 조명하기 때문에, 대부분의 갈등은 이 단계에서 원만하게 정리됩니다.

만약 이 과정에서도 해결이 어려운 문제가 발생할 경우, 최종적으로는 각 타운의 매니저 그룹이 직권으로 판단을 내립니다. 운영위원회로 구성된 이 그룹의 결정은 합리성과 공정성을 바탕으로 하기 때문에, 모든 당사자는 어떠한 경우에도 그 판단을 존중하고 따라야 합니다. TMK에서 갈등 해결이 빠르고 평화롭게 이뤄지는 이유도 바로 여기에 있습니다.

결국 TMK의 남녀 관계는 소유나 의무가 아닌 자유와 존중, 그리고 성숙한 감정의 균형 위에서 이루어지며, 왕국 전체가 그 균형을 유지하기 위해 정교한 시스템과 배려의 문화를 함께 작동시키고 있는 셈입니다.

 남녀 왕국민끼리 사랑은 하되 자녀를 낳지 않는다면, 결국 왕국을 이어갈 후손이 없다는 건데 이는 어떤 의미인가요? 또한 천 년이라는 시간은 무수한 유산을 만들어 낼 텐데 TMK에서 말하는 유산의 의미와 그 가치는 무엇인지도 궁금합니다.

TMK는 오직 '현재'만이 존재하는 세계, 즉 지금 이 순간을 살아가는 3만여 왕국민을 위한 낙원이자 완결에 가까운 세상입니다. 이전의 시대가 존재하지 않으며, 다음의 시대는 알지 못합니다. TMK의 시간은 그저 단일한 천 년의 장(場) 안에서 '완성'된다 하겠습니다.

왕국민은 생물학적으로 자녀를 가질 수 없도록 되어 있어, '후손'이라는 개념 자체가 TMK에서는 성립하지 않습니다. 이는 우연한 조건이 아니라 TMK의 존재 목적에 맞추어 의도적으로 설계된 원리입니다. 왕국민들은 Honour에 의해 개인적 선택과 기준에 따라 TMK의 구성원이 된 만큼, 그들의 권리나 지위, 혹은 축적한 자산을 후대에 물려주는 개념은 애초부터 성립되지 않는다 하겠습니다.

모든 왕국민의 삶이 한 시대 안에서 온전히 완결되며, '대물림'은 TMK의 질서와 가치 체계에서는 고려 대상이 될 수 없습니다.

그렇다면 자연스레 이런 의문이 생기겠지요.

1,000년이라는 긴 시간이 축적해 낼 TMK의 수많은 유산은 어떤 의미를 갖는가?

지금 세계의 관점에서 보자면, 예술·과학·건축 등 물리적 유산은 장구한 역사 속에서 문화와 지혜를 전하고, 언어·의식·음식·음악·무용·전통 같은 무형 유산은 한 사회의 정체성과 정신을 이어 주는 중요한 토대이지요.

대부분의 인류 문명은 이러한 유산이 후손에게 계승되고 발전해 나가야 한다는 강한 당위성을 전제로 하고요. 선조가 남긴 찬란한 유산이 후대의 번영을 이끌어 준다는 믿음은 인류 역사 내내 지속되어 온 보편적 가치이기도 합니다.

그러나 TMK는 이러한 '계승'의 논리에서 완전히 벗어난 세계입니다.

여기에선 후손이 존재하지 않기에, 아무리 값지고 숭고한 유산이라도 그 시대를 살아가는 왕국민들이 향유하는 것으로 역할을 다합니다.

예술품이든, 건축물이든, 문화적 성취든 TMK의 유산은 후대를 위한 저장고가 아니라, 지금 이 시대, 지금 이 순간을 살고 있는 이들을 위한 '선물'일 뿐입니다.

TMK에서 유산은 지나간 것을 기념하거나 미래를 위해 보존하는 것이 아니라, 그저 현재를 풍요롭게 채우는 역할로 그 의미를 다하는 셈이지요.

그렇다면 마지막 질문으로 자연스럽게 이어지겠지요.

천 년이 끝나 TMK가 '멸(滅)'하게 되면 왕국은 어떻게 되는가?

그 답은 의외로 단순합니다.

TMK 프로젝트는 천 년 이후의 세계를 포함하지 않습니다.

TMK는 원래 기획된 대로 천 년 동안 존재하고, 천 년으로 완결됩니다. 그 이후는 그저 알려지지 않은 세계일 뿐, TMK의 구조와 철학 안에서는 더 이상 설명할 수 없는 '부지(不知)의 영역'입니다.

TMK는 천 년 동안 하나의 완전한 시대를 이루고, 그 시대의 빛과 유산은 그 시간을 살아간 왕국민의 삶 속에서 소멸된 것처럼 보이지만, 그 자체가 완성이고 끝맺음입니다.

다시 말해, TMK는 TMK로 시작해 TMK로 끝나는 고유한 하나의 세계일 뿐입니다.

 왕국민들이 성인이나 군자가 아니라면, 부주의하거나 혹은 부지불식간(不知不識間)에 TMK 규정을 위반하거나 '범법적인 행위'를 저지를 수도 있을 것 같습니다. 그럴 경우 사법적인 재단(裁斷)은 어떻게 하나요?

왕국민이라 해도 누구나 인간적 한계를 가졌기에, 때로는 실수를 저지르거나 규범에서 비켜나는 행동을 할 수 있습니다. TMK의 고유한 가치를 훼손하거나 양속(良俗)을 해치는 일, 혹은 심한 경우 타인에게 위해를 가하는 '범법 행위'가 전혀 발생하지 않는다고 말하기는 어렵습니다.

모든 왕국민의 DNA에는 타인을 존중하고 배려하며 이해하려는 성향이 강해, 실제 생활 속에서는 그 본성을 거스르는 행동이 거의 나타나지 않으리라 봅니다. 그러나 의도적이든, 혹은 부지불식간의 실수이든 간에 범법적 행위가 발생할 경우, 각 타운 내 운영위원회가 사안의 성격과 재단(裁斷)의 정도에 따라 적절한 페널티를 부과하게 됩니다. 페널티는 일종의 조정 장치이자 공동체가 건강하게 유지되기 위한 최소한의 규범적 제어라 하겠습니다.

그 내용으로는 우선, 매달 지급되는 생활 포인트에서 일정 금액이

차감되며, 필요한 경우 목표 활동 수행에 대한 제한 조치가 수반될 수 있습니다. 또한 특정 프리미엄급 권리 행사에 일정 기간 제약을 받을 수도 있겠지요.

운영위원회의 결정은 TMK 내에서 절대적 권위를 지니기에, 누구라도 예외 없이 그 판단을 존중하고 성실히 따라야 합니다.

한편 TMK의 페널티는 신체적·강압적 방식으로 이어지지는 않습니다. 구금이나 체벌과 같은 조치는 있을 수 없으며, 왕국의 가치 체계에서도 허용되지 않습니다. 문제가 발생한 당사자의 진심 어린 사과와 성찰, 그리고 회복을 위한 노력이 가장 중요하게 여겨지며, 공동체는 가능한 빠르게 용서와 화해를 승인하도록 유도합니다.

흥미로운 점은 TMK에는 오늘날 세상에 존재하는 경찰 조직이나 사법 집행기관이 없다는 것입니다. 치안 유지나 범죄 예방을 위한 별도의 기구가 존재하지 않는 이유는, 그러한 체계가 필요하지 않기 때문으로 이해하면 됩니다. 왕국민 모두가 스스로 규범을 지키고, 공동체의 질서를 자발적으로 유지하려는 문화가 내재화되어 있기에, 외부적 통제가 개입할 여지가 거의 없습니다.

교정(矯正)을 위한 별도 기관도 존재하지 않으며, 관리·감독을 위한 복잡한 구조도 갖추지 않습니다. TMK는 오로지 그 존재가치에 필수적인 최소한의 행정 체계만 유지할 뿐입니다.

TMK는 왕국 운영의 모든 면에서 소모적이거나 낭비적인 요소가 발견되기 어려운 세계입니다. 풍부한 자원과 여유로운 환경을 바탕으로, 왕국민이 누릴 수 있는 최적·최대의 행복을 구현하는 데 집중하도록 설계되어 있지요.

따라서 불필요한 갈등이나 퇴행적인 문제에 에너지가 소비되는 일은 거의 없다고 할 것입니다. 오히려 그 시간과 에너지는 목표 활동, 성취, 관계, 창조적 삶을 위해 쓰이며, 이는 TMK라는 유토피아가 흔들림 없이 지속되는 원동력이 됩니다.

 태초의 창세기와 같은 '무결점 환경'인데다 천혜의 '안전 먹거리'로 인해 TMK에서 질병은 발생하지 않는다고 했습니다. 하지만 활동 중 불가피하게 발생하는 물리적 외상이나 심할 경우 장애는 피할 수 없다고 봅니다. 만약 왕국민들 중 신체적 장애를 입거나 불구가 되는 경우는 어떻게 대처합니까?

사람이 한곳에 머물러 있지 않는 이상, 다양한 움직임과 때로는 격렬한 활동을 하는 과정에서 아무리 주의를 기울인다 해도 신체적 부상이나 외상을 완전히 피하기는 어렵습니다. 왕국민 그 누구도 신(神)이 아니기에 이러한 물리적 상해를 입을 수 있으며, Honour 또한 예외일 수 없습니다.

천 년의 장구한 세월을 사는 동안 질병이나 질환은 발생하지 않는다고 하지만, 혹여 외상을 입어 영구적인 장애나 불구가 된다면 '무한의 시간'이 오히려 크나큰 고통과 원망으로 다가올 수도 있겠지요.

따라서 TMK에서는 왕국민의 안전을 최우선 가치로 두고 있습니다. 모든 활동과 시설물의 이용 및 관리에 안전 확보를 중점으로 두며, 어떤 경우에도 안전을 위협하거나 소홀히 하는 행위는 결코 용납되지 않습니다. 그러기에 모든 활동을 시작하기에 앞서 가장 우선적으로 점검하고 확인하는 것은 안전 매뉴얼의 정확한 준수 여부입니다. 그럼에도 불구하고, 부주의나 예기치 않은 실수로 인해 외상을 입는 경우를 대비하여 **TMK**의 의료 시스템은 즉각적이고 전문적인 대처를 제공합니다. 신속한 처치와 최첨단 장비를 이용한 수술 등을 통해 환자의 가장 빠른 회복과 완치를 돕는 데 집중합니다.

TMK는 각 타운별로 외상 치료 전문 메디컬 센터를 운영하고 있으며, 최고 수준의 의료 인프라를 구축하고 있습니다. 의료진 역시 권위 있는 전문의와 숙련된 간호 인력으로 구성되어 있어 최상의 의료 서비스를 제공합니다.

하지만 아무리 최선을 다해 처치한다 하더라도, 신체의 부분적 또는 일부 기능적 장애를 완전히 회복하지 못하여 이후 여생을 온전치 못한 상태에서 살아가야 하는 이들을 위해서는 그들을 위한 특별한 배려와 시스템이 마련되어 있습니다. 바로 '애프터 메디컬 프로그램(After Medical Program. AMP)'입니다. 이 프로그램은 개개인의 장애 정도에 따라 삶의 질이 최적으로 유지 및 개선될 수 있도록 정밀하게 설계되어 있으며, 재활을 향한 노력을 절대 포기하지 않고 지속적으로 지원합니다. 이들은 공동체의 일원으로서 존중받으며 불편함 없이 생활할 수 있도록 사회적, 환경적 특별 지원을 받게 됩니다.

AMP는 단순히 다친 신체를 치료하는 것을 넘어, 무한의 시간 속에서 장애가 '원망'이 아닌 '극복과 성장의 과정'이 될 수 있도록 돕는 데 초점을 맞춥니다.

 목표 활동을 수행하거나 스포츠 경기, 예술 경연(競演)과 같이 승리나 입상을 겨루는 상황에서는 상대와의 경쟁을 피할 수 없지요. 경쟁에는 승패가 따르며, 패자의 경우 스트레스나 우울감을 겪을 수도 있습니다. 그렇다면 이러한 상황에서도 과연 '재미와 의미, 감동'을 온전히 느낄 수 있을까요?

고대 그리스에는 경쟁을 바라보는 두 가지 핵심 개념, 즉 아곤(Agon)과 아레테(Arete)가 있었지요. 아곤이 경쟁에서의 승리와 결과를 중시하는 개념이라면, 아레테는 노력과 집념을 기반으로 한 과정의 탁월성, 즉 '가장 훌륭한 상태에 도달하려는 추구'를 본질로 삼습니다. 이 두 개념은 오늘날에도 경쟁을 바라보는 중요한 틀로 작용하며, TMK 역시 예외가 아닙니다.

현실적으로 모든 경쟁에서는 결과가 중요한 만큼, 경쟁의 과열은 어느 정도 불가피합니다. TMK에서도 경쟁의 성과가 업적으로 인정되면 명예와 영광이 뒤따르고, 유·무형의 인센티브가 부여되기 때문입니다. 따라서 경쟁 상대가 개인이든 집단이든, 왕국민 누구나 비교우위에 서고자 하는 욕망을 갖게 되는 것은 자연스러운 일입니다.

경쟁은 개인의 능력과 가치를 드러내는 강력한 수단이며, 자기 발전과 사회적 인정으로 이어지는 중요한 통로이기 때문입니다. 그러한 이유로 승리를 위해 최선을 다하는 과정은 때로 매우 치열해질 수밖에 없지요.

물론 결과가 기대에 미치지 못한다면 낙심하고, 부진에서 비롯된 상실감이나 소외감이 따르기 마련이지요. 인간이라면 누구든 실패 앞에서 흔들릴 수 있습니다. 하지만 TMK 왕국민들에겐 이러한 감정을 지속적인 열등감이나 부정적 정서로 발전시키지 않게 만드는 힘이 존재합니다.

그 힘이 바로 '과정의 탁월성(Arete)'에 대한 사회적 존중입니다. TMK에서는 승리 못지않게, 아니 어떤 경우에는 승리보다 더 '최선을 다한 과정'을 인정합니다. 왕국민들은 경쟁 결과에서 패배했어도, 노력과 헌신을 보여 준 이에게 진심 어린 존경과 박수를 보냅니다. 오늘날 흔히 말하는 '졌잘싸(졌지만 잘 싸웠다)'의 태도가 왕국 전체에 문화적으로 자리 잡아 있는 셈입니다. 이는 패자에게 위로를 건네는 수준을 넘어, 패배가 개인의 가치를 훼손시키지 않는 든든한 버팀목이 되어 준다 하겠습니다.

또한 TMK의 중요 특성 중 하나인 '무한한 시간'이라는 자원도 중요한 역할을 합니다. 당장의 결과가 만족스럽지 못해도, 충분한 시간을 통해 자신의 실력과 기량을 계속해서 연마하고 성장할 수 있다는 확신은 왕국민들에게 심리적 안정감을 제공합니다. 실패는 일시적인 단계일 뿐, 노력은 결국 또 다른 기회를 만든다는 신념이 자연스럽게 자리 잡게 되는 것이지요.

앞서 설명했듯이 TMK 왕국민들은 상황을 인식할 때 긍정적 감정을 극대화하는 방향으로 사고하는 것이 습관화되어 있습니다. 경쟁에서 열위에 놓인다 해도 낙담하거나 스스로를 비하하기보다는, 자신을 격려하고 다시 일어나도록 추스리는 쪽에 훨씬 더 익숙합니다. 이는 단순한 성향이 아니라, TMK의 가치관과 문화 속에서 체화된 정서적 반응 방식이라 할 수 있습니다.

결국 TMK에서 경쟁이 때로 치열함을 수반한다 하더라도, 왕국민의 삶 자체가 '유토피아적 정서'를 기반으로 하고 있기에 우울감, 스트레스, 낙담 같은 부정적 감정은 지극히 제한적으로만 나타납니다. 경쟁에서 오는 불안이나 상실감은 잠시 스쳐 지나가는 감정에 가까우며, 삶의 중심을 흔드는 요인은 되지 못합니다. 경쟁은 성장의 과정으로 받아들여지고, 결과는 다음 단계로 나아가는 방향을 제시하는 일종의 '표지판' 정도의 의미로 작동합니다.

요약하자면, TMK에서 경쟁은 승리의 기쁨 이상으로 과정의 가치를 깊이 인정받으며, 패배는 개인의 열등감을 강화하는 게 아니라 성장과 탁월성으로 나아가는 또 하나의 계기로 받아들여집니다. 이러한 문화가 있기에, TMK 왕국민들은 경쟁 속에서도 여전히 즐거움, 의미, 감동을 계속해서 누릴 수 있다 하겠습니다.

 왕국민 모두에게 지급되는 생활비가 매달 동일하다 해도, 각자의 퍼포먼스에 따른 인센티브 규모가 달라지면 결국 생활 수준에 차이가 생길 텐데요. 시간이 흐르면서 축적되는 포인트의 격차가 커지면, 프리미엄, 프레스티지 유형에 미치지 못하는 기본형의 왕국민들에게는 위화감이 생기지 않을까요?

아무리 이상향을 구현한 사회라 하더라도, 개인의 노력과 수고에 무관하게 모든 구성원이 똑같은 삶을 누리는 것은 전혀 합리적이지 않지요. 오히려 그런 사회야말로 정의롭지 않고, 인간 정신의 건강한 본성을 왜곡하는 비이상적 세계라 할 것입니다.

어떤 공동체든 구성원마다 발휘되는 역량과 성취는 다르게 나타나기 마련이고, 그 성과에 따른 보상이 차등을 이루는 것은 자연스러운 흐름이자 합리적 질서의 일부라 하겠지요.

TMK 역시 이 원리를 따릅니다. 모든 왕국민은 동일하게 안전하고 평등한 삶의 기반을 누리지만, 그 삶을 채우는 내용과 질적 깊이에서는 분명 서로 다른 결을 띱니다.

세월이 흘러도 변하지 않는 '기회의 공정'과 '절차의 투명성'이라는 뼈대 위에서, 각자가 그 기회를 얼마나 활용하느냐에 따라 개인의 여정은 상당히 달라질 수 있죠.

왕국민이라면 누구나 프리미엄 혹은 프레스티지 스타일의 삶을 꿈 꿀 것입니다. 이는 인간 본연의 자연스러운 욕망이며, 동시에 스스로 를 성장하도록 이끄는 내적 원동력이 되지요.

TMK에서는 어느 누구도 금수저나 은수저로 입성하지 않습니다. 처 음부터 주어진 유리함도, 반대로 극복해야 할 불리함도 없습니다. 오 직 개인의 열정과 노력, 그리고 그가 보여 주는 퍼포먼스가 삶의 질을 업그레이드하는 문을 열어 줄 뿐입니다.

그 결과 돌아오는 인센티브는 삶을 풍요롭게 하는 단순한 보상이 아 니라, 더 높은 차원의 성취로 나아가도록 돕는 '명예로운 동력'이 됩니 다. 기회와 심사 과정의 완전한 공정성 덕분에, 왕국민들은 타인의 성 과를 시기하지 않습니다. 오히려 서로의 성장을 진심으로 축하하고, 따뜻한 격려의 언어를 건넵니다.

그래서 누군가가 앞서간다 해서 부끄러움을 느끼지 않으며, 남의 성 공이 자신의 실패를 의미하지도 않습니다. 물론 사람인 이상 약간의 부러움이나 아쉬움이 순간적으로 들 수는 있겠죠. 그러나 그 감정은 '문제'로 발전하지 않습니다. 불만과 불평은 공동체의 정신과 조화를 해치는 부적합한 태도로 간주되기에, 왕국민 스스로도 마음의 질서를 잃지 않으려 노력합니다.

TMK의 구성원들은 심리적·정신적으로 처음부터 성숙한 세계를 이 루고 있습니다. '남보다 늦었다고 해서 마냥 뒤처지는 것은 아니다.' '타 인의 성공은 나의 실패가 아니다.' 이러한 내면의 철학이 자연스럽게 몸에 배어 있기에, 이곳에는 비교로 인한 진흙탕 감정이 자리할 여지가 없습니다.

이 건강한 시민의식이야말로 TMK를 유토피아로 이끄는 가장 강력한 토대이며, 동시에 왕국민의 천 년 수명을 지탱하는 또 하나의 중요한 요소이기도 합니다.

한편 TMK는 경쟁이 과열되는 상황을 경계합니다. 과도한 경쟁은 공동체의 자원을 불필요하게 소모시키고, 개인에게는 해로운 압박과 스트레스를 남길 수 있기 때문이지요. 그래서 TMK의 경쟁 구조는 승자와 패자를 가르는 데 집중하지 않습니다. 오히려 모두가 한 단계씩 성장하는 방향으로 유도하고, 과열을 억제하는 장치를 촘촘히 마련하지요.

과도한 훈련이나 무리한 연습은 엄격히 금지되며, 공정한 규칙과 명확한 기준을 통해 경쟁의 신뢰성을 유지토록 합니다. 더불어 각 타운 운영위원회는 모든 경쟁이 '서로의 발전을 돕는 과정'이 되도록 지속적으로 조율합니다.

결과적으로 왕국민들은 경쟁을 두려워하지도, 과도하게 집착하지도 않습니다. 경쟁은 곧 성장의 무대이며, 서로를 비추는 거울이자, 더 나은 내일을 향한 발판으로 인식할 뿐이지요.

이와 같은 조화로운 질서 속에서 TMK의 삶은 균형을 잃지 않습니다. 누구나 노력한 만큼 성장하고, 성장한 만큼 풍요를 누리며, 그 풍요가 타인의 행복을 대신할 필요가 없는 세계. 그렇기에 TMK는 '이상향'이라는 이름을 실질적으로 현실화한, 완성도 높은 공동체로 존재하는 것입니다.

 **TMK에서 약 100년쯤 지나면 30,000명에 이르는 왕
국민 대부분이 서로를 알고 지내는 사이가 될 것으로
봅니다. 그렇다면 한편으로 새로운 사람(?)에 대한 갈
망이 생겨나지 않을까요?**

수백 년을 함께 살아가는 TMK의 왕국민들이 서로를 거의 모두 알고
지내게 되지 않겠느냐는 질문은 매우 흥미롭습니다. 지금의 세상 기
준으로 보아도, 하나의 도시에서 3만 명이 100년 동안 함께 산다면 상
당수는 얼굴을 익히고, 적지 않은 이들이 서로에 대해 잘 알게 되겠지
요. 하물며 200년, 300년의 시간이 흐른다면 대부분은 '매우 잘 안다'
고 말할 만큼 가까워질 것입니다. 그래서 "그렇다면 새로운 사람에 대
한 갈망이 생기지 않을까?" 하는 의문도 자연스럽게 떠오를 수 있을 겁
니다.

그러나 TMK는 철저히 '선택된 30,000명'으로 구성된 하나의 완결된
공동체입니다. 여기에 더해 매년 Honour의 동거 비서로 3명이 새로
입성하므로, 실제 총원은 30,090명에 이르지요.

TMK가 처음부터 이 규모를 기준으로 설계된 데에는 분명한 이유가
있습니다. 왕국민 모두가 1,000년쯤 동안 서로 교제하고 이해하고, 깊은

인간적 연결을 맺을 수 있는 최대이자 최적의 규모라는 판단이 깔려 있기 때문입니다.

생각해 보면 지금의 세상에서도, 과연 한 사람이 평생 얼마나 많은 이들과 '깊은 관계'를 맺을까요?

아는 사람은 많아 보여도, 진심으로 교류하고 영혼의 온도를 나누는 인연은 손으로 꼽을 정도가 아닌가 싶습니다. 직장 동료, 이웃, 지인들은 많지만, 소울메이트(Soulmate)라 할만한 사람은 극히 한정적이지요.

한 해 30명의 새로운 사람과 교제한다고 가정해도, 10년이면 300명, 100년이면 3,000명, 그리고 1,000년이면 마침내 30,000명에 이르게 됩니다. 결국 3만 명이라는 숫자는 '왕국민이 일생 동안 진정성 있게 만날 수 있는 최대치'로 설정된 값이라고 이해하면 됩니다.

TMK는 왕국민들이 단순히 많은 사람을 아는 것이 아니라, 관계의 깊이와 질을 중심에 둔 교류를 하도록 이끕니다. 공동 주택에서 함께 지내는 사람들, 같은 골목과 타운을 공유하는 이웃들, 동일한 목표 활동을 수행하는 동료들, 그리고 각종 동호회나 공동 프로젝트에서 만나는 이들과 자연스럽게 연결되며, 서로의 내면을 이해하고 공감할 수 있는 기회를 지속적으로 갖게 됩니다.

이러한 구조는 왕국민들이 서로를 단순히 '아는 사람'이 아닌, 삶의 결을 함께 나누는 동행자로 받아들이도록 돕습니다. TMK가 지향하는 공동체적 이상, 즉 '가장 유토피아적인 인간 관계의 완성'을 구현하기 위한 설계라 할 수 있습니다.

결국 TMK에서 새로운 사람에 대한 갈망은 지금의 삶과는 성격이 다르다 하겠습니다. TMK에서는 낯섦에 대한 갈증보다, 서로를 점점 더 깊이 이해하고, 더 풍부하게 연결되는 경험이 삶의 중심이 되기 때문입니다.

3만 명이라는 숫자는 바로 이런 유토피아적 관계 설계를 위해 설정된 가장 절묘한 균형점으로 이해하면 됩니다.

 왕국민들의 삶의 양태가 개인화에 포커싱돼 있다고 했는데 고독이라는 감정은 느끼지 않나요? 지금의 세상은 가족이나 집단을 이루고 살아도 개인적인 고독감은 피할 수 없으며, 홀로 사는 데서 오는 고독함은 삶의 질을 떨어뜨릴 수도 있다고 보는데….

인간은 본질적으로 고독한 존재라는 데는 이의가 없습니다. 혼자라는 개체이기 때문이지요. 그래서 누군가와 어울리고 또 서로 의지하며 살아가야 하는 게 본능이면서 숙명이라 할 수 있습니다. 뿐만 아니라 가족을 형성하고 사회 속에 다양한 관계를 맺고 살아도 고독이라는 '고약한 놈'을 전혀 만나지 않고 살 수는 없죠.

특히 현대인들의 삶의 양태를 살펴보면 바쁜 생활과 시간의 압박, 과중한 노동, 경제적 불안정성, 미래에 대한 불확실성, 지나친 디지털 기기 의존 등이 고독을 더욱 부추기고 있다고 봅니다.

TMK에서도 왕국민들이 고독감과 소외감을 전혀 피할 순 없을 겁니다. 다만 지금의 세상에서 느끼는 고독과는 차원이 다르다고 할 수 있습니다.

TMK에서는 모든 왕국민들이 서로가 서로를 돌보며 관심과 보호와 사랑을 나누는 속성을 갖고 있습니다. 시스템상으로도 그 누구도 홀로 내버려두지 않도록 하고 있습니다. 잠잘 때만 혼자만의 시간이 주어지며, 연구나 탐구 또는 명상, 사색, 독서 등 홀로 보내야 하는 경우를 제외하고는 대부분의 시간을 누군가와 함께 지내게 됩니다.

또한 왕국민들과의 다양한 관계 맺기와 커뮤니티 활동 참여를 의무화하지요. 즉 사회적 네트워크를 공고히 하고 개인적으로도 계획적 시간 관리와 목표 활동 참여, 여가를 통한 삶의 균형을 잘 유지하도록 지원합니다.

참고로 TMK MD Center 내 〈Management 파트〉의 주요 기능 중 하나가 왕국민 개개인의 일상을 TMK 공동체에서 벗어나지 않도록 활동 체계를 구축하는데 주안점을 두고 있습니다.

즉 TMK에서는 각 개개인에 대한 일정과 플랜을 완벽하리만큼 세팅하여 제공하고, 또 그에 걸맞은 활동 프로그램에 참여토록 하기 때문에 '고독할 겨를'이 없다고 할 수 있습니다. 개인적 존재를 필요로 하는 시간 외에는 모든 활동 프로그램이 모둠이나 집단 형태로 진행되도록 체계화되어 있습니다.

실제 학자들에 의하면 고독감이 몰려오는 주요 원인 중에 바쁘지 않거나 활동 목표를 상실하기 때문이라고 합니다. 즉 뭔가에 집중하거나 빠져있으면, 또는 목표 달성 활동에 몰입하면 고독은 가까이 오지 않는다는 거죠.

또한 사회적 연결의 부족이나 삶의 불확실성에 따른 불안, 경쟁과 성취의 압박감 등이 고독감을 증폭시킬 수 있다고 하는데 TMK의 사회 구조는 이와는 전혀 다르다고 할 수 있지요.

TMK 왕국민들은 휴식과 힐링의 시간을 제외하고는 모든 활동이 한

가로이 진행되지 않도록 설계되고 최적화된 활동 프로그램에 참여토록 하고 있습니다. 즉 건강한 생활 습관을 토대로 자신이 좋아하는 일과 취미를 즐기는 자기 돌봄은 물론 친구, 동호인, 지인 등과의 사회적 유대가 매우 활발한 일상을 영위합니다.

TMK에서는 스스로의 의지에 의해 고독에 빠지고 싶지 않다면 고독할 틈이 없다고 이해하면 되겠습니다.

 고난, 역경, 실패, 좌절, 고통, 슬픔, 절망…. 이러한 것들은 오늘날의 인간 사회에서 대부분의 사람들이 어느 순간 필연적(?)으로 겪게 되는 감정이자 상황이라 할 수 있습니다. 비록 부정적이고 때로는 감당하기조차 힘든 경험이지만, 역설적으로 이런 감정과 어려움이 사람을 더 강하게 만들고, 삶을 성장과 성숙으로 이끄는 '필요악'처럼 작용하기도 하지요. 그런데 지금까지의 설명대로라면, TMK 왕국민들은 이러한 감정과 상황 자체를 거의 경험하지 않는 걸로 이해됩니다. 그렇다면 이에 대한 궁금증은 어떻게 풀어 줄 수 있을까요?

다소 흥미로운 질문이라 생각됩니다.

말씀하신 것처럼 지금의 인간들은 생존과 경쟁, 그리고 삶의 유한성 속에서 치열하고도 열악한 환경을 헤쳐 나가야 합니다. 그 과정에서 앞서 언급한 여러 감정과 상황 — 고난과 역경, 실패와 좌절, 고통과 슬픔, 때로는 절망까지 — 은 피하기 어려운 현실의 일부이지요. 개인에 따라 그 정도와 깊이는 다르지만, 대체로 사람들은 이러한 감정과 상황을 마치 하나의 통과의례처럼 경험하며 살아갑니다.

물론 태어날 때부터 금수저나 은수저를 물고 나온 사람들, 혹은 삶이 마치 미리 짜 놓은 시나리오처럼 순조롭게 흘러가는 이들은 이런 어려움을 거의 겪지 않을 수도 있습니다. 또 어떤 사람은 타고난 낙천성으로 "모든 것은 마음먹기 나름"이라고 말하며 문제적 상황을 대수

롭지 않게 넘기기도 하지요.

하지만 대부분의 사람들에게 삶은 그것처럼 호락호락하지 않습니다.

살아가는 동안 고난과 역경을 피할 수 없는 순간이 찾아오고, 실패와 좌절의 그림자는 예기치 못한 때에 발목을 잡습니다. 때로는 살을 에는 듯한 고통과 슬픔이 마음을 흔들고, 어떤 순간에는 깊은 절망의 골짜기를 지나야 하기도 하지요.

그러나 아이러니하게도 인간은 이러한 난관과 복잡다단한 우여곡절 속에서 성장하고 성숙합니다. 이것이 곧 인간사가 걸어온 길이며, 더 넓게는 인류라는 존재가 축적해 온 역사이기도 하지요.

비 온 뒤 땅이 단단해지고, 갈등 뒤에 관계가 더욱 깊어지듯, 부정적이고 비관적인 경험들은 단순히 독(毒)으로만 머물지 않습니다. 오히려 삶을 단련시키는 약(藥)이 되어 인간을 더 강하게, 더 단단하게, 더 따뜻하게 만들기도 합니다.

물론 모든 어려움이 반드시 약이 되는 것은 아니라는 사실은 굳이 설명하지 않아도 될 것입니다. 많은 사람들이 고난과 실패, 슬픔과 좌절의 경험이 때로는 삶의 성장에 도움이 되기보다 의욕과 정신을 소모시키는 경우가 많다는 점을 충분히 알고 있으니까요.

그런데 TMK의 왕국민들은 이러한 부정적이고 비관적인 감정을 거의 경험하지 않습니다.

'천국'이라 불리는 곳에서 고난과 절망이 현실화된다면, 그곳은 천국이라 부르기 어렵겠지요.

물론 왕국민들의 일상을 자세히 들여다보면, 지엽적이거나 미세한 수준에서 원치 않는 감정을 느끼거나 예상하지 못한 상황에 맞닥뜨릴 수는 있습니다. TMK라 해도 모든 일이 자신의 뜻대로만 흘러가는 것은 아니기 때문입니다.

일상 속에서, 사람과 사람의 관계 속에서, 혹은 목표를 향해 가는 과정에서 작은 마찰이나 난관이 전혀 없다는 뜻은 아닙니다.

그러나 정작 '문제'라 부를 만큼의 고난, 실패, 좌절, 고통, 슬픔, 절망은 거의 발생하지 않습니다. 이는 TMK의 체제와 시스템이 매우 정교하고 완벽하게 설계되어 있을 뿐 아니라, 왕국민들의 삶의 패턴과 생활 구조 자체가 이러한 문제를 애초에 발생시키지 않는 방향으로 짜여 있기 때문입니다.

더불어 모든 왕국민의 의식과 인지 구조가 본질적으로 긍정적이고 낙관적이라는 점도 중요한 요인입니다. 그들에게 고난은 불행으로, 좌절은 실패로, 절망은 파국으로 인식되지 않습니다. 감정의 해석 자체가 다르다고 해야 할까요.

왕국민들은 천 년이라는 긴 시간 동안 각자의 포부와 이상을 안정적으로 실현해 가며, 성취와 성숙을 쌓아갑니다. 이는 일종의 '긍정의 시너지(Synergy)'가 되어, 좋은 일이 또 다른 좋은 일을 낳는 선순환으로 이어집니다.

그렇게 잘되는 일이 더욱 잘되는 사회, 삶의 흐름 자체가 지속 가능한 행복의 곡선을 그리는 곳. 그곳이 바로 TMK라 할 수 있겠습니다.

갈등이 전혀 없다고 말할 수는 없습니다. TMK가 '낙원'을 지향한다 해도, 더 완전한 사회를 향해 나아가야 하는 과제는 언제든 생겨날 수 있기 때문입니다. 삶의 수준과 질에 일정한 그레이드가 존재하는 만큼, 개인 간의 경쟁 과정에서 과도한 의지나 욕망이 개입되면 예상치 못한 대립과 마찰이 생길 수 있습니다. 사소한 영역에서도 갈등은 언제든 모습을 드러낼 수 있을 겁니다.

문제는 이러한 이견과 갈등이 서로의 이해와 묵인을 넘어설 때입니다. 그 순간 작은 불씨는 진짜 갈등으로 번질 가능성이 있고, 자칫하면 왕국민들 사이에 반목과 시기, 더 나아가 분쟁으로 이어질 위험도 있다고 봅니다.

갈등은 개인 차원을 넘어 집단 혹은 타운 간의 이해관계가 충돌할 때에도 나타날 수 있습니다. 특히 TMK 전체에 영향을 미치는 중요한 이슈가 있을 때, 모두가 공통의 컨센서스를 이루지 못하거나 의견이 크게 갈릴 경우, 갈등의 강도는 더 깊고 날카롭게 치달을 수 있을 겁니다.

문제는, 부지불식간에 혹은 의도적으로 발생할 수 있는 갈등을 어떻게 받아들이고, 나아가 그것을 혁신과 발전을 위한 동력으로 전환하느냐에 달려 있습니다.

앞서 설명했듯이 TMK에서는 각 타운별 운영위원회가 타운 내 모든 갈등 요인을 상시 모니터링하며, 원만한 해결책을 제공하는 데 집중합니다. 특히 왕국민들 사이에 감정적 손상이 생기지 않도록 세심하게 관리하고, 조속한 화해와 평화를 이끌어 내는 데 주안점을 둡니다.

더 나아가, 갈등이 잘 승화되도록 유도해 왕국민들 간의 결속을 강화하는 계기로 삼고, 이를 통해 왕국의 지속적이고 항구적인 평화를 다질 수 있는 모멘텀을 만들어 갈 것입니다.

이러한 이유로 각 타운 운영위원회와 TMK 운영위원회가 맡는 책임과 역할은 아무리 강조해도 지나침이 없습니다. 그들은 TMK의 평화와 발전을 안정적으로 이끄는 심장과도 같은 존재이기 때문입니다.

그러하기에 Honour가 왕국을 통솔하는 과정에서 가장 중점을 두는 부분 중 하나는 각 운영위원회의 매니저를 어떤 인물로 선발하느냐입니다. 그래서 운영위원회 매니저들은 모든 방면에서 가장 우수하고 모범적인 왕국민들로 구성됩니다. 즉, 탁월한 지식과 지혜를 갖춘 이들이 집단적 지성을 발휘하여 갈등 당사자들을 깊이 이해하고, 최선의 방향으로 조정하고 중재하도록 하는 것이지요.

결국 갈등은 언제든, 어떤 상황에서든 나타날 수 있는 자연스러운 현상입니다. 중요한 것은 이를 합리적이고 발전적으로 해결하여, 나아가 왕국의 번영을 촉진하는 에너지원으로 전환하는 것, 이것이 바로 운영위원회가 맡은 핵심적인 미션이라 할 것입니다.

그렇다면 갈등을 어떻게 혁신과 발전의 동력으로 바꿀 수 있을까요? 운영위원회는 우선 갈등을 단순히 '문제'로 보지 않습니다. 대신 갈등 속에 내재한 욕구, 가치, 기대를 정확히 파악하고, 이를 구조적으로 개선하는 데 집중합니다.

갈등의 본질은 서로의 '다름'을 '틀림'으로 오해하는 데서 비롯됩니다. 운영위원회는 이 다름을 함께 풀어야 할 퍼즐의 각기 다른 조각으로 인식하도록 돕습니다.

아울러 소통, 공감, 인정과 같은 핵심 해결 요소들을 제시하여, 서로의 이해 수준을 높이고 단순한 문제 해결을 넘어 상호 의존적이고 협력적인 결과물(Output)을 만들어 내도록 이끕니다.

이러한 과정을 통해 TMK는 갈등을 무조건 피해야 할 장애물이 아니라, 올바르게 관리될 때 혁신과 성장, 합리화의 원동력이 되는 자원으로 여기게 됩니다. 결국 이처럼 갈등을 바르게 다루는 체계가 TMK의 지속적 유지와 발전에 크게 기여하게 되리라 봅니다.

지금의 인간 사회에서 종교는 보편적인 사회 현상 중 하나입니다. 사람들은 신에게 의지하여 복을 구하고, 상처받은 마음을 위로받으며, 영혼을 정화하기 위해 종교를 찾곤 합니다. 또한 죄악에 대한 용서를 구하고, 삶의 허무와 공허를 극복하기 위해 종교의 역할을 중요하게 여기는 것이 현실이지요. 물론 종교에 대해 회의적이거나 부정적인 인식을 갖는 사람들도 존재합니다.

그러나 TMK의 왕국민들은 현실의 고단함과 미래에 대한 불안이 없기에, 전통적인 의미에서 종교의 필요성을 거의 느끼지 않습니다. TMK에서는 일상에서 발생하는 문제나 해결해야 할 과제가 거의 없으며, 내세(來世) 또한 알 수 없는 영역으로 남아 있어, 초월적 존재나 신의 권능에 의지할 필요가 없습니다. 다시 말해 TMK에서는 신에 대한 종교적 의식이나 신앙적 수단을 찾아보기 어렵습니다.

그 대신 TMK 왕국민들의 삶은 정신적·사회적 지주인 Honour를 중심으로 운영됩니다. 모든 제도와 시스템은 완벽에 가까운 조화와 균형을 구현하고 있으며, 그 결과 왕국민들의 삶은 지극히 평화롭고 만족스럽습니다. 일상에서 권태와 허무를 거의 느끼지 않으며, 미래에 대한 걱정과 불안도 존재하지 않습니다.

다만 TMK에서는 지금의 종교적 집회와 유사한 형태의 행사를 매달 한 차례 갖습니다. 이 집회는 모든 왕국민이 함께 모여 자신들의 정체성과 긍지를 확인하고, 왕국의 정통성을 되새기는 의미를 지닙니다. 행사 명칭은 TMK Monthly Conference 또는 Thanks & Respect Day라 불리며, 매월 마지막 주에 TMK Stadium에서 개최됩니다.

Thanks & Respect Day는 왕국민들이 매달 일상 속에서 만난 사람들 가운데 감사와 존경을 전할 만한 인물을 직접 추천하고, 그중 가장 많은 추천을 받은 이에게 포상을 하기 위해 마련된 제도입니다.

모든 왕국민은 매월 1~3명을 '감사 또는 존경'의 대상으로 선정해 무기명으로 추천해야 하며, 이 추천 결과는 다음 달 컨퍼런스에서 집계됩니다. 그 자리에서 한 달 동안 가장 많은 추천을 받은 인물을 '이달의 TMK인'으로 선정해 공식 시상합니다. 또한 연말에는 한 해 동안 누적 추천 수가 가장 많은 인물을 '올해의 TMK인'으로 뽑아, TMK가 부여하는 최고의 영예를 수여합니다.

집회에서는 TMK 내 주요 이슈와 성과를 공유하고, '이달의 TMK인'을 비롯하여 모범 왕국민에 대한 포상 프로그램도 진행됩니다. 그러나 무엇보다 이날 행사의 하이라이트는 Honour의 연설입니다. 왕국민들의 삶을 더욱 풍요롭고 의미 있게 인도하는 메시지를 Honour가 직접 육성으로 전달하며, 왕국민들에게 영적·정신적 자극을 제공합니다. 다시 말해, Honour의 연설은 **TMK**에서 '영육을 강건하게 하는 설교'와도 같은 역할을 하는 셈입니다.

왕국민들은 Honour의 메시지를 통해 자신들의 신념과 가치 체계를 확인하고, 왕국민으로서의 자존감과 자긍심을 강화하며, 삶의 지표로 삼습니다. 이 과정을 통해 **TMK**의 통합적 사회 질서는 유지되며, 왕국민 개개인의 마음속에도 조화와 만족이 깊이 새겨집니다. 매월 반복되는 집회와 메시지는 단순한 행사에 그치지 않고, 왕국민들의 일상에 안정과 동기를 부여하는 중심축으로 기능합니다.

결국 **TMK**에서는 종교적 신앙의 전통적 형태 대신, Honour를 통한 삶의 지침과 공동체적 결속이 왕국민들의 정신적 중심이자 사회적 결속의 근간이 됩니다. 이 체계 덕분에 **TMK**의 삶은 현실의 불확실성에서 자유롭고, 내적 풍요와 심리적 안정 속에서 천 년의 시간을 누릴 수 있는 환경을 갖추고 있는 것입니다.

 현재 지구상의 수많은 국가와 민족, 종족 등과 비교할 때 TMK는 굉장히 작은 규모이며 협소하게 느껴지는 형태라고 할 수 있습니다. 게다가 1,000년이라는 길고 긴 시간은 왕국민들에게 보다 광범위하고 다이내믹한 형태의 삶이 전개되어야 하리라 보는데 이와 같은 '간극(間隙)'에 대해서 어떤 답을 줄 수 있나요?

무엇이 과연 이상적인가에 대한 개념과 관점이 어떠하냐가 이 논의의 출발점이 아닐까 합니다.

TMK의 면적과 인구수, 그리고 삶의 형태가 오늘날 우리가 알고 있는 세계와 비교할 때 매우 작고, 다소 협소하며 폐쇄적으로 보일 수 있다는 점에는 충분히 공감할 수 있습니다. 실제로 현재 지구상 대부분의 국가는 수십만 명에서 수억 명에 이르는 인구를 보유하고 있고, 영토 역시 TMK와는 비교할 수 없을 만큼 광활하지요. 더불어 정치·경제·사회·문화·외교·스포츠·예술 등 거의 모든 영역에서 외부 국가와 끊임없는 교류와 협력을 이어 가며 역동적인 관계망 속에 존재하고 있지요.

이러한 환경 속에서 각국의 국민들 또한 외부 세계와의 다양한 접촉과 경험을 통해 삶의 반경을 확장하고, 자신들의 정체성과 가능성을 넓혀갑니다. 그런 기준으로 본다면 TMK는 분명 하나의 소규모 도시 국가에 가깝습니다. 면적은 제한적이고 인구 수 역시 많지 않으며, 물자 조달이나 관광 등 일부 경제적 요소를 제외하면 외부 세계와의 접촉이 극히 제한된 구조를 가지고 있습니다. 이로 인해 TMK가 과연 진정한 낙원이며 이상적인 왕국이라 할 수 있는지에 대한 의문이 제기되는 것도 자연스러운 일일 것입니다. 이는 지금의 지구적 질서와 인류사적 경험을 기준으로 할 때 충분히 타당한 질문이기도 합니다.

그러나 TMK를 이해하는 데 있어 가장 중요한 요소는 외형적 규모나 비교 대상이 아니라, 그 안에 살아가는 왕국민들의 의식과 가치관입니다. TMK 왕국민들에게는 크기나 다양성, 외부와의 비교 자체가 중요하지 않습니다. 더 나아가 왕국민 누구도 자신의 전생(前生)에 대해 알지 못하기 때문에, 현재의 TMK를 다른 세계와 견주어 판단할 기준 자체가 존재하지 않습니다. 그들에게 주어진 TMK의 모든 현재는 선택받은 존재로서 누리는 최상의 조건이자, 더할 나위 없는 축복으로 인식됩니다.

이러한 인식 속에서 왕국민들은 이질적인 집단이나 외부 세계와의 교류 필요성을 느끼지 못하며, 삶의 공간이 협소하다는 생각에도 쉽게 흔들리지 않습니다. 초기 TMK의 면적은 약 3만 명이 거주하기에 충분한 규모이고, 더구나 TMK는 지속적인 영토 확장을 전제로 설계된 왕국이기에 공간의 한계는 구조적인 문제가 될 바 아니고요.

결국 핵심은 왕국민 각자의 의식 속에서 현재 누리고 있는 삶이 어떠한 결핍이나 불편함 없이 모든 필요를 충족시키고 있다는 확신에 있습니다. 이 확신은 TMK 왕국민으로서의 자긍심과 자존감을 형성하는 가장 중요한 토대가 됩니다. 인간으로서의 원초적 욕망과 욕구,

더 나아가 이상과 포부를 실현하는 데 있어 부족함이 느껴지지 않는다면, 그곳의 현재는 그 자체로 이미 이상적일 수밖에 없습니다. 그런 의미에서 TMK의 모든 현재는 왕국민들의 인식 속에서 '가장 이상적(理想的)'인 형태로 완성되어 있다고 말할 수 있을 것입니다.

Q-58 앞의 질문에 덧붙여 묻습니다. 현재 세상의 관점에서 보면 재정의 여유를 충분히 누리는 사람들이나 정치, 경제, 문화 예술 또는 스포츠 분야의 영향력 있는 인사들은 전 지구가 좁다고 할 만큼 세계 각지에서 활발한 퍼포먼스를 보이며 나름대로 '행복한 삶'을 보낸다고 할 수 있습니다. 단지 수명이 길어야 100년 정도인 게 너무 아쉽게 느껴질 수 있겠지만…. 그렇게 볼 때 TMK 왕국민의 삶은 지금 세계에 비하면 비교가 어려울 만큼 활동 반경이 좁다고 할 수 있어 1,000년이라는 긴 수명만으로 다른 부분을 상쇄시킬 수 있다고 볼 수 있을까요?

우선 TMK 왕국민들의 뇌와 인지 구조 속에는 왕국에 오기 전의 전생(前生)에 대한 기억과 데이터가 사실상 존재하지 않습니다.

Honour만이 왕국민 선발 시 왕국 입성 전의 개인별 프로필 레퍼런스(Profile Reference)를 참조할 뿐이죠. 이후 왕국민의 프로필 레퍼런스는 오직 Honour만이 보존하고 열람할 수 있습니다. 프로필 레퍼런스가 어디에 있으며 어떻게 볼 수 있는지는 왕국민 어느 누구도 알 수 없습니다. 이는 금단(禁斷)의 영역이라는 걸 모든 왕국민들이 알고 있지요.

왕국민들은 전생에 자신이 누구였는지(Who), 어느 시기에(When), 어디에 살았는지(Where)는 전혀 알지 못합니다. 단지 TMK 왕국민으로 탄생할 때 자신이 타고난(?) 지식, 기능, 기술만을 몸으로 알고 느낄 뿐입니다. 즉 무엇을(What), 어떻게(How) 하는지에 대한 내용 지식과 방법론을 잘 알고 이해하는 정도입니다. 참고로 이를 TMK에서는 BQ(Born Quotient)라고 부릅니다. 즉 BQ는 자신이 특정 분야에 타고난 지식, 기능 지수인 셈이지요.

그러하기에 왕국민들은 왕국민 이전의 무엇과 비교하거나 비유하여 생각하거나 판단하지 않습니다.

활동 반경이 넓을수록 삶의 질이 좋아지고, 관계하는 사람의 수가 많을수록 이상적인가 하는 점은 현재의 생에서도 이론(異論)의 여지가 있다고 봅니다. 활동적인 생활 패턴과 다이내믹한 라이프 스타일이 가져다줄 다양한 경험과 도전은 물론 삶의 의미를 가미(加味)해 줄 수 있다고 봅니다.

새롭고 신기한 것을 좇고 많은 사람들이 자신의 퍼포먼스에 환호하는 것에 공감하고 기뻐하는 걸 보는 건 인간 본연의 욕망이기도 하지요. 하지만 꼭 그렇지만 않다는 것도 쉽게 알 수 있습니다.

요즘 한국의 TV 프로그램에서 쉽게 만날 수 있는 '자연인'들을 보면 산이나 섬 등 외딴곳에서 홀로 지내며, 행복과 여유를 한껏 누리는 걸 볼 수 있습니다. 그들은 지극히 협소한 곳에서 '은둔의 삶'을 살지만, '대처(大處)'에서 사는 것보다 훨씬 더 즐겁고 행복한 모습을 보여 줍니다.

물론 문명과는 거리가 있고 또한 비교적 한정된 '작은' 공간에 사는 자연인들의 삶이 항상 만족감을 주는 것은 아니겠지요.

어느 시대를 불문하고 크기나 환경을 떠나 각자의 영역을 토대로 얼마든지 행복한 인생을 가꾸며 사는 사람들이 많지요.

행복을 느끼는 관념은 개개인이 다를 수 있기 때문에 일률적인 재단(裁斷)은 합리성을 갖기 어렵다고 봅니다. 개개인 또는 집단의 의식과 가치관의 문제로 보입니다.

답변의 내용과 방향이 질문의 요지에서 다소 엇나가는 것 같은데 TMK에서는 활동 반경의 문제로 왕국민들이 겪는 불편과 불만은 거의 없습니다. 또한 거주하는 사람들의 숫자에 대한 많고 적음의 개념도 없습니다.

그저 주어진 환경과 여건이 살아가는 데 있어서 어떠한 부족함도 주지 않으며, 삶의 욕망과 목표를 모두 충족시킬 수 있다는 점이 TMK가 왕국민들에게 '샹그릴라(Shangri-La)'로 여겨지는 까닭이죠.

특히 활동 반경과 관련해서는 앞의 질문에서도 설명하였듯이 영토 확장이 TMK의 주요 미션 중 하나로 추진되기에 별문제가 되지 않는다고 할 수 있겠지요.

결론적으로 TMK 왕국민들이 지향하고 추구하는 삶의 만족과 가치는 지금의 세상과는 다른 맥락으로 이해하면 됩니다.

샹그릴라(Shangri-La): 1993년 출간된 제임스 힐튼의 소설 『잃어버린 지평선』에서 유래된 개념으로, 이상적이고 평화로운 삶의 장소를 의미함.

 지금까지의 설명대로라면 왕국민이나 Honour 모두 신(神)은 아니라는 건 확실합니다. 신이 아닌 인간이라면, 어느 경우라도 완벽하거나 완전할 수 없다는 데는 동의할 것입니다. 그들의 흠결이나 결핍 또는 실수나 실패가 TMK를 '천국'이라고 칭하는 데는 어폐(語弊)가 있지 않나요?

어떤 측면에서는 정확한 지적일 수 있고, 한편으로 맞지 않은 말일 수도 있습니다. TMK 프로젝트가 정의하는 '천국(天國. Paradise, Utopia)'에 대한 개념부터 다시 짚고 가도록 하죠.

그에 앞서 지금의 세상에서 천국은, 시대나 문화, 종교, 철학, 그리고 문학적 관점에 따라 의미가 조금씩 다르게 해석됩니다. 그러나 공통적으로는 인간이 살기에 어떠한 흠결도 찾아볼 수 없는 완전한 세계, 즉 이상적 상태를 상징한다고 볼 수 있겠지요.

종교적 관점에서 천국은 고통과 죄, 욕망이 사라지고 죽음조차 존재하지 않는 곳을 의미합니다. 철학적으로는 '어디에도 없는 곳이자 가장 좋은 곳'이라는 중의적 의미를 담아, 완전한 인간성을 실현하는 이상향으로 설명되곤 합니다. 또 심리학에서는 천국을 실제 공간이라기보다, 마음이 완전히 평온하고 안정된 상태를 은유한 개념으로 이해하고 있지요.

정리하자면 천국은 '장소'로 볼 때는 죽음이 더 이상 존재하지 않는 세계, '상태'로 볼 때는 고통이 완전히 사라진 절대적 평온과 완성의 경험이나 상황이라고 요약할 수 있겠습니다.

그렇다면 TMK에서 말하는 '천국'은 어떤 모습일까요?

TMK의 천국은 지금 세상에서 말하는 천국의 모든 개념을 포괄하지는 않습니다. 물론 그러한 완전한 상태를 지향하고 추구하는 점은 분명하지만, 그 본질에 가장 근접한 관점은 '심리적인 천국'이 아닐까 합니다.

TMK에도 나름의 또는 다소의 문제적 요소는 어느 때나 존재합니다. 자원이 완벽하게 충족되는 것도 아니며, 그 과정에서 왕국민들은 상실감이나 소외감을 느낄 수도 있겠지요.

그러나 중요한 점은 이러한 문제적 요소나 요인들이 지금의 세상에서처럼 삶을 짓누르는 골칫거리가 되거나 진짜 '문제'로 인식되지 않는다는 사실입니다. TMK에서는 이 모든 결핍과 마찰이 개인의 고통을 늪으로 끌어내리는 것이 아니라, 오히려 서로를 향해 다가가게 하는 힘으로 작용한다고 할 수 있습니다.

왕국민들은 각자 가진 부족함과 흠결을 서로 보듬고 채워 가며, 조금씩 더 나은 상태를 향해 나아갑니다. 바로 이 과정 속에서 TMK는 완전한 천국의 모습에 한 걸음 더 다가가려는 도전을 이어 갑니다. 완벽하지 않기 때문에 서로를 필요로 하고, 그 필요가 공동체를 더욱 단단하게 엮어준다고 할 수 있지요. 어쩌면 TMK의 천국은 바로 그런 움직임 속에서, 조용히 그리고 지속적으로 완성을 향해 나아가는 긴 여정이라 할 것입니다.

한편, 왕국민들이 지닌 흠결과 결핍은 어떤 면에서는 그 자체로 진한 인간미를 드러냅니다. 그리고 그 모자람을 서로 채워 가려는 노력은 곧 천국을 향해 나아가는 가장 아름답고 의미 있는 도전일지도 모릅니다.

앞서 말했듯이, 모든 왕국민의 DNA에는 이타적인 성향이 이기적 본능보다 우세하게 자리 잡고 있기에, 천국을 만들어가는 여정 그 자체가 이미 천국에 속한 삶이라고 할 수 있겠지요. 그렇다고 이 여정 속에서 누군가가 억지로 자신을 희생하거나 헌신을 강요받는 일은 거의 없습니다. TMK의 천국 여정은 강요가 아닌 자발성, 부담이 아닌 기쁨으로 가능한 길이기 때문입니다.

결국 TMK 프로젝트가 말하는 천국이란, 지금 사람들이 말하는 심리적 상태로서의 천국이며, 그러한 상태의 완성을 향해 나아가는 거룩하고도 행복한 여정 그 자체라 할 것입니다.

물론 TMK는 물리적·환경적 측면에서도 특별한 결핍이나 어려움이 거의 없고, 그 운영 체계와 관리 시스템은 완벽에 가깝게 작동합니다. 이런 부분에서 TMK는 이미 '천국의 상태'를 외형적으로 갖추고 있는 세계라 할 수 있지요.

천국은 완전한 순간의 단일한 도착지가 아니라, 서로의 부족한 부분을 채워 가며 더 나아지는 과정 속에서 천천히, 그러나 분명하게 모습을 드러내는 세계 — TMK가 꿈꾸는 천국은 바로 그런 모습이라 할 것입니다.

 서두에 했어야 할 질문이 불현듯 다시 떠오르네요. 1,000년의 수명이 과연 기후나 자연적 조건만 양호하다고 가능할까요? 생물학적으로 육체의 지구력을 잘 유지하는 것 못지않게, 사고(思考)하는 존재인 인간에게는 심리적, 정신적 요인이 더 중요하다고 생각되는데요.

일반적으로 건강한 장수를 위해서는 균형 잡힌 식사와 규칙적인 신체 활동, 정기적인 건강 검진, 그리고 긍정적인 사고방식이 필수적이라고 여겨집니다. 여기에 감정 및 스트레스 관리, 심리적 안정감 유지, 사회적 연결성, 삶의 목표와 의미, 나아가 이상적인 정신세계에 대한 추구까지 더해질 때 비로소 인간은 오래도록 '살아 있음'의 생명력을 유지할 수 있지요. 물론 그 모든 토대 위에 기후와 자연환경 같은 외부 조건이 받쳐 줘야 무병장수라는 이상이 실현 가능하겠지요.

TMK에서는 바로 이러한 조건들이 완벽에 가까울 만큼 조화롭게 충족되기에, 1,000년이라는 놀라운 수명이 단순한 상상이 아니라 실제 삶의 형태로 존재할 수 있습니다.

무엇보다 TMK의 왕국민들은 오염으로부터 완전히 분리된 청정 자연 속에서 살아갑니다. 이곳의 식탁은 늘 완벽하게 균형 잡힌 영양소로 채워지며, 비타민과 미네랄, 항산화 물질이 풍부한 안전한 먹거리가 왕국민들의 몸을 젊게 유지해 줍니다. 이러한 영양적 기반은 세포 단위의 재생 능력을 높이고 면역 체계를 견고하게 만들어, 장구한 세월 동안 육체적 건강을 안정적으로 지속시키는 힘이 되겠지요.

규칙적이고 활동적인 생활 패턴 또한 빼놓을 수 없는 요소입니다. 왕국민들은 일상 속에서 자연스럽게 걷고, 움직이고, 다양한 신체 활동에 참여합니다. 지나친 운동이 아니라 몸이 가장 건강하게 반응하는 '조화로운 활동'을 꾸준히 이어 가기에, 심혈관 기능은 물론 근력과 신체 지구력도 최적의 상태로 유지되지요.

각 타운에 설치된 메디컬 센터는 왕국민들의 정기적인 건강 검진은 물론, '무병장수 프로그램'을 연구·개발하며 개개인의 컨디션에 맞춘 맞춤형 건강 솔루션을 제공하고요.

정신적·정서적 측면 또한 **TMK**가 장수의 비밀을 쥐고 있는 중요한 영역입니다. 동료, 이웃, 지역 커뮤니티 등 다양한 조직 활동을 통해 왕국민들은 깊은 소속감을 경험하고, 서로 간의 신뢰와 연대감은 한층 더 단단해집니다. 이 같은 공동체적 안전망은 마음을 넉넉하게 하고 정서적 피로를 줄여, 정신 건강에 필요한 '보이지 않는 백신' 역할을 하게 됩니다.

더 나아가 현대 사회에서 개인이 생애주기마다 감당해야 하는 학업, 취업, 결혼, 주택 마련 같은 굵직한 '허들'이 **TMK**에는 존재하지 않습니다. 이런 과제들이 주는 압박과 불안, 그리고 스트레스가 없기 때문에 마음의 에너지를 소모하는 일이 훨씬 적습니다. 왕국민들은 '삶을 버티는 데' 에너지를 쓰지 않고, '삶을 누리는 데' 온전히 힘을 쏟을 뿐입니다.

배움과 호기심을 자극하는 목표 활동 또한 **TMK**의 일상적 풍경입니다. 새로운 것을 익히고 도전하고 성취하는 과정은 뇌를 활성화시키고 정서적 만족감을 키워, 왕국민들이 삶의 흥미와 설렘을 잃지 않도록 돕습니다. 이는 단순한 학습이나 취미 활동을 넘어, 장수의 핵심 요인 중 하나로 작용합니다. 스스로 삶의 목적과 방향을 명확하게 인식할 수 있다는 것, 그리고 그 목적을 향해 흔들림 없이 나아갈 수 있다는 것은 인간의 정신 에너지를 가장 순수하게 강화시키는 원천이기 때문입니다.

이렇듯 **TMK**의 왕국민들은 육체적·정신적으로 최적화된 환경과 체계적인 관리, 그리고 이상적 삶의 분위기 속에서 살아갑니다. 그 결과, 1,000년이라는 장구한 시간 속에서도 '늙음이 없는 젊음'을 유지하며, 마치 빛나는 햇살처럼 생기 있고 온전한 삶을 계속 이어 갈 수 있는 것입니다.

 다소 지엽적인 질문인데요. TMK에서 강아지나 고양이, 새 등 반려동물을 기르는 것이 가능한가요? 가능하다면, 허용되는 범위는 어디까지인가요?

TMK는 현재 인류가 살고 있는 세계와 유사한 자연 생태계를 갖추고 있습니다. 해안을 끼고 있는 온대성 기후로 사람이 거주하기에 최적화된 환경이며, 이에 맞춰 다양한 생물들이 조화롭게 분포하고 있습니다.

TMK의 풀, 꽃, 나무 등은 다채로운 색과 형태로 자연의 아름다움을 이루며, 채소와 약초, 과일 등 식용 가능한 식물들은 왕국민들에게 풍부하고 다양한 영양을 제공합니다. 이를 통해 왕국민들은 자연과 조화를 이루며 건강하게 생활할 수 있습니다.

동물 생태계 역시 일정한 먹이사슬과 균형 체계를 갖추고 있습니다. 다만 TMK의 자연환경은 사자, 호랑이, 표범, 곰, 악어, 코끼리와 같은 대형 포식자가 서식하기에 적합하지 않으며, 인간에게 위협이 되는 동물은 거의 존재하지 않습니다. 대신 기후와 환경에 적합한 작은 포유류, 조류, 곤충 등이 생태계의 일부로 자리 잡아 TMK 자연환경의 안정과 조화를 유지합니다.

왕국민들이 친숙하게 여기는 강아지, 고양이, 새와 같은 동물들은 TMK에서도 '반려동물'의 개념으로 기를 수 있습니다. 다만 여러 사람이 함께 거주하는 공동 주택에서는 반드시 다른 사람들의 동의를 구해야 하며, 반려동물을 기르는 왕국민은 관리와 돌봄에 관한 교육을 필수로 이수해야 합니다. 또한, 반려동물로 인해 이웃에게 피해나 불편을 끼쳐서는 안 됩니다.

TMK에서는 동물을 인위적으로 해치거나 학대하는 행위를 엄격히 금지하고 있습니다. 투우, 투견, 투계 등 동물끼리의 싸움을 부추기는 행위 역시 금지되며, 생태계를 교란하거나 파괴하는 어떤 시도도 허락되지 않습니다. 왕국민들은 동물과 함께 공존하며, 생태계의 균형과 자연의 조화를 존중하는 것이 기본 원칙입니다.

물론 왕국의 영토 확장이나 왕국민의 편의 증진을 위해 시행되는 건축 행위나 공사 등은 일부 예외가 될 수 있습니다. 다만 이러한 경우에도 환경 훼손을 최소화하고, 자연과 생태계를 최대한 보존·유지하는 방향으로 계획과 진행이 이루어집니다. 이를 통해 TMK는 인간과 자연, 그리고 동물이 함께 조화를 이루는 삶의 터전을 지속적으로 유지할 수 있습니다.

결국 TMK의 자연환경과 생태계는 단순한 배경이 아니라, 왕국민들의 삶의 질을 높이고, 안정적이고 평화로운 공동체 생활을 가능하게 하는 중요한 기반인 셈입니다.

 한편으로 TMK 밖은 어떤 세계인지도 무척 궁금합니다. 그들과는 어떤 관계를 맺고 있는지 설명해 줄 수 있나요?

사실 TMK 바깥의 세계가 어떤 형태로 존재하는지는 명확히 알기 어렵습니다. TMK 프로젝트 자체가 천년 왕국만을 중심으로 설계되었기에, 그 너머의 영역은 그저 안갯속에 숨겨진 비경이라 하겠습니다.

그럼에도 한 가지 분명한 사실은, 바로 TMK 밖의 세계가 왕국의 유지와 운영에 실질적인 도움을 제공하고 있다는 점입니다. TMK가 필요로 하는 식료품과 가공품, 각종 장비와 물자들은 대부분 그 외부 세계에서 공급됩니다. 물론 그 대가로 TMK는 모든 비용을 지불하며, 이 관계는 일종의 '상호 이익을 기반으로 한 거래' 형태로 유지됩니다. 이 점에서 TMK 밖 세계는 왕국의 안정적인 삶을 가능하게 해 주는 고마운 협력자라고 할 수 있습니다.

또 하나 흥미로운 점은, TMK 밖 세계가 왕국민들에게 '미지의 여행지'로 열려 있다는 사실입니다. 매년 많은 왕국민들이 크루즈선을 타고 TMK를 벗어나 외부 세계로의 탐험에 나섭니다. 그들이 떠나는 목적지는, 어쩌면 지금 우리가 살고 있는 지구에서 흔히 말하곤 하는 '죽기 전에 꼭 가 봐야 할 곳들'이 어딘가에 존재할지도 모르죠. 왕국민들은 그곳에서 새로운 풍경과 공기, 미지의 문화를 경험하며 자신들의 천 년 삶에 또 하나의 색채를 더하게 됩니다.

이처럼 TMK 바깥 세계는 물자 조달과 여행이라는 두 측면에서 TMK와 경제적으로 보완적이고 협력적인 관계를 유지합니다. 이는 서로의 영역이 맞물린 톱니처럼 자연스럽게 돌아가며, 왕국의 질서와 안정에 보이지 않는 힘을 더해 주는 역할을 합니다.

그러나 그 외의 부분, 이를테면 정치나 외교, 사회·문화적 교류는 거의 존재하지 않습니다. TMK와 외부 세계는 구조와 질서 자체가 완전히 다르기 때문에 갈등이나 분쟁이 생길 이유도 없습니다. 서로의 존재를 인정하되 지나치게 깊게 얽히지 않는, 조용하고 평화로운 거리를 유지한 채 공존할 뿐이죠.

다만, TMK 밖의 세계가 어떤 체계로 움직이는지에 대해서는 추정만 가능할 뿐입니다. 지금의 인류가 살아가는 '100년의 세계'와 닮아 있을지 모른다는 정도가 TMK 프로젝트가 미약하게나마 그려 볼 수 있는 예상입니다.

결국 TMK 밖 세계는 왕국의 삶을 보완해 주는 실용적 존재, 그리고 왕국민들에게는 새로운 여행지이자 미지의 신비가 깃든 또 하나의 세상으로 이해하면 될 것입니다.

말씀대로 TMK가 외부 세계와 일정한 소통과 교류, 그리고 협력을 완전히 배제한다면, 왕국은 자체 체제만으로 운영과 유지가 거의 불가능에 가깝습니다. 왕국 내 자원이 충분히 풍부하고 체계가 완벽하다고 하더라도, 그 외 필요한 물자와 기술, 전문 인력의 일부는 외부 세계에 의존할 수밖에 없기 때문이지요.

이 때문에 TMK는 외부 세계와의 우호적 관계를 꾸준히 유지하고 강화합니다. 매년, 외부 세계의 지도자와 영향력 있는 인물(Influencer), 과학·문화·예술·스포츠 분야의 탁월한 전문가들을 특별 게스트로 초청해 다양한 이벤트와 프로그램을 진행합니다. 이러한 노력은 단순한 친목을 넘어 상호 신뢰와 공생의 기반을 마련하는 핵심 전략이기도 하지요.

뿐만 아니라 TMK와 외부 세계 간 교역되는 모든 물자와 제품에는, 그들 세계에서 통용되는 가격 외에 10%의 추가 마진을 TMK가 보장합니다. 덕분에 외부 세계의 공급자들은 TMK에 제공하는 제품과 서비스의 품질을 최고 수준으로 끌어올리기 위해 경쟁하게 됩니다. 결과적으로 TMK로 들어오는 모든 물품은 최상급의 성능과 품질, 그리고 효능을 확보하게 되며, 왕국민들은 언제나 보다 완벽에 가까운 자원을 누릴 수 있는 셈이지요.

그러나 이러한 교류는 철저히 물자 거래와 국외 여행을 위한 최소한의 범위에 국한됩니다. 그 외 정치적, 문화적, 사회적 확장이나 상호 교류는 TMK의 정체성과 직결된 문제이므로, 외부 세계를 향한 외연 확대는 전혀 고려 대상이 아닙니다.

TMK는 외부 세계를 단순히 도구적 자원과 경험의 방편으로 활용하면서도, 그 정체성과 자율성을 철저히 지켜 나갑니다. 이처럼 TMK는 외부 세계와의 균형 잡힌 협력 관계를 통해 자신만의 이상향을 유지하며, 동시에 왕국민들이 최상의 삶을 누릴 수 있는 기반을 확고히 다져 가는 것입니다.

 TMK 밖에서 초대되는 게스트들 역시 구체적으로 어떤 사람들인지 무척 궁금합니다. 아울러 TMK에서는 어떤 일정을 보냅니까?

TMK에 초대되는 외부 게스트들은 '왕국민이 되지 못한' 이들 가운데에서, 각 분야에서 두드러진 업적과 탁월한 역량을 지닌 사람들입니다. 그들에게 TMK 방문은 말 그대로 '별천지'를 경험하는 영예라 할 수 있습니다.

머무는 동안 받게 되는 특별한 서비스와 환대는 그들의 일상에서는 거의 맛볼 수 없는 특별한 경험이며, 다시 초청받기 위해 각자 최상의 퍼포먼스를 발휘하려 애쓰지요.

이들은 현대 사회에 비유하자면 각국의 지도자, 문화·예술·스포츠 분야의 세계적 스타, 혹은 막강한 영향력을 가진 인플루언서들입니다. 예컨대 스포츠 분야라면, 지금의 올림픽이나 세계 대회에 출전하는 국가 대표급 실력을 갖춘 이들이 TMK 무대에 오르게 되는 것이죠.

음악, 미술, 공연, 창작, 게임 분야 등도 마찬가지입니다. 각 분야에서 글로벌 톱 클래스를 인정받은 플레이어나 아티스트만이 TMK 초청의 행운을 누릴 수 있으며, 그들은 TMK에서 일생일대의 강렬한 인상을 남기는 시간을 보내게 됩니다.

문학·철학·심리학 같은 인문학의 석학들, 혹은 과학·공학 분야에서 뛰어난 연구 성과를 남긴 전문가들도 게스트 명단에 포함되곤 합니다.

이들이 TMK를 방문하는 프로그램은 '파라다이스 투어(Paradise Tour)'라고 불리며, 그들 세계에서는 이 초청을 받기 위해 치열한 경쟁이 벌어지기도 합니다. 그들 세계에서 명예의 전당에 이름을 올릴 만큼의 실력과 명예를 갖추어야만 비로소 TMK의 문이 열리는 셈입니다.

게스트들은 주로 Honour가 주관하는 연회에 참석하며, 경쟁이 가능한 분야라면 Honour와 '일합'을 겨루는 진검 승부를 펼치기도 합니다. 만약 Honour를 넘어서거나 인상적인 퍼포먼스를 선보이게 된다면, 다음 초대의 기회가 주어질 수 있기에 그들은 자신의 모든 역량을 쏟아붓기도 하지요.

초대 기간은 보통 3~4일이며, 숙소는 Honour Town의 게스트하우스 혹은 Honour's Palace에 마련된 게스트룸에서 지내게 됩니다.

그들이 TMK를 별천지로 느끼는 이유는 인상적인 환대 때문만은 아닙니다. 절대 선의 리더십을 가진 Honour를 중심으로 모든 왕국민이 '1,000년의 행복한 인생'을 실제로 살아가는 현장을 직접 목도할 수 있기 때문입니다.

게스트들은 자신들의 퍼포먼스를 선보이는 것 외에도 TMK의 지도자와 왕국민들과 자연스럽게 접촉하며, '유토피아적 인간상'의 실체를 가까이에서 경험합니다. 그들의 세계에서는 흔한, 복잡하고 골치 아픈 문제들이 TMK에는 존재하지 않는다는 사실을 확인하며, 모든 구성원이 한결같이 만족스러운 삶을 누리는 실재적 유토피아를 발견하게 되는 셈이지요.

외부 게스트들이 TMK 밖에서 어떤 삶을 살고 있는지는 잘 모릅니다. 다만 게스트 선정은 TMK 운영위원회가 외부 세계와의 커뮤니케이션을 통해 신중하게 이루어집니다.

 TMK의 환경과 자연조건이 사람의 수명을 1,000년까지 누릴 수 있도록 하는 데 절대적이라면 TMK와 인접한 지역 또는 국가에 사는 사람들도 비슷한 수명을 살 수 있지 않을까 생각됩니다. 그곳과 TMK와의 차이점은 무엇일까요? 아울러 그들과의 접촉은 어디에서 어떻게 이뤄집니까?

TMK가 지구와 유사한 행성 위에 존재한다는 전제 아래에, 당연히 TMK와 인접한 또 다른 세계(국가나 왕국)가 있을 것입니다.

앞서 언급했듯이 TMK는 외부 세계로부터 필요한 물자를 조달하고, 국외 여행지를 TMK 밖에서 찾기에, 인접한 지역은 환경과 조건 면에서 TMK와 상당히 유사할 것이라 추정할 수 있습니다.

되풀이되는 말이지만, TMK 프로젝트는 오직 TMK 자체만을 대상으로 하기에, 인접 지역의 구체적 상황이나 그곳 사람들의 삶에 대해서는 거의 알지 못합니다. 그들의 사회·경제 구조, 문명과 문화 수준, 생활 모습 등은 TMK와 어느 정도 닮았을 것으로 짐작할 뿐입니다.

TMK와 외부 세계의 교류는 철저히 제한된 범위 안에서만 이루어집니다. 물자 조달과 여행지 제공, 그리고 상징성과 탁월한 역량을 갖춘 인물들을 '게스트' 자격으로 초청하는 것, 그 이상도 이하도 아닙니다. 이 절제된 교류 방식은 TMK의 정체성과 균형을 지키기 위한 하나의 원칙이라 할 수 있습니다.

TMK와 외부 세계 간의 물자 교류가 이루어지는 장소는 Honour Town에서 남쪽으로 약 30㎞ 떨어진 '링크 아일랜드(Link Island)'라 불리는 섬입니다. 축구장 다섯 개 정도 크기의 링크 아일랜드는 TMK의 물류팀이 이틀에 한 번씩 오가며 필요한 물자와 물품을 실어 옵니다. 동시에 링크 아일랜드는 외부 게스트들이 TMK를 방문하기 전 잠시 머무르는 장소이기도 합니다. 즉, 국경 게이트와 같은 역할을 하는 셈이지요. 게스트들은 TMK 방문 전, 섬에 마련된 대기 공간인 'Invitational Lounge'에서 머무르게 되며, Honour의 전용 요트가 이들을 픽업합니다.

TMK에서 모든 일정을 마친 후, 게스트들은 다시 링크 아일랜드로 돌아와 각자의 거주지로 돌아갑니다. 그들의 거주지는 링크 아일랜드에서 수십, 수백 킬로미터 떨어진 다른 대륙에 자리하고 있습니다.

결국 링크 아일랜드는 TMK와 외부 세계를 연결하는 통로이자 다리인 셈입니다.

 모든 왕국민들이 천 년의 생을 청년기와 중년기로 보낸다면, 중년기가 끝날 즈음에 생을 마감해야 하는데 지금의 관점에서 보면 이해하기가 어렵습니다. 육체적 노화나 정신적 질환도 없다면 천 년 이상의 삶을 계속 이어 갈 수 있을 텐데…. 1,000년을 넘어 1,200년, 1,300년 이상 살아가는 것이 더 자연스럽지 않을까요?

상당히 센서티브(Sensitive)한 질문이라 여겨지네요.

천 년의 생을 청년기와 중년기로만 보낸다면, 중년이 끝날 무렵 인생을 마감해야 한다는 설정은 지금의 관점에서는 쉽게 이해하기 어렵겠지요. 육체적 노화도, 정신적 질환도 없다면 그 삶은 얼마든지 천 년을 넘어 1,200년, 1,300년까지 이어질 수 있을 텐데, 왜 TMK에서는 정확히 1,000년에서 생을 마감해야 할까요? 이 질문은 매우 민감하면서도 본질적인 문제라 하겠습니다.

현대의 인간은 보통 생물학적 한계에 도달하거나 예기치 못한 사고를 당할 때 생을 마칩니다. 신체가 멀쩡하고 정신이 온전하다면 삶을 계속 이어 가는 것은 너무나 자연스러운 일이지요. 생로병사의 순환은 생명을 가진 존재가 겪는 필연이자 운명적 질서입니다.

그러나 TMK에서는 조금 다른 논리가 작동합니다. 왕국민은 천 년이 되어도 여전히 육체적으로는 50대 후반의 중년기, 정신적으로는 안정과 활력을 함께 지니고 있습니다. 그렇다면 '왜 더 오래 살지 못하는 가'라는 질문은 당연히 제기될 수밖에 없습니다.

그럼에도 TMK가 왕국민의 수명을 1,000년으로 설정한 이유는 단순하면서도 명징합니다. 흔히 "박수 칠 때 떠나라"라는 말이 있지요. 인생의 정점, 가장 뜨겁고 찬란한 순간에 퇴장하는 것이야말로 가장 아름답고 가장 지혜로운 마무리라는 뜻입니다.

왕국민들은 20대부터 50대까지, 청년기와 중년기의 모든 역동성과 열정을 장장 천 년 동안 누립니다. 이 긴 시간 동안 그들은 끊임없이 성장하고 도전하며, 자신이 꿈꿔온 목표를 실현합니다. 그 천 년은 단순히 '오래 사는 것'을 넘어, 인간이 누릴 수 있는 가장 풍요로운 전성기를 극대화한 시간이라 할 것입니다.

그리고 50대를 지나면, 설령 병이 없고 노화가 거의 진행되지 않는다 해도, 인간의 정신과 정서에는 서서히 피로와 권태가 찾아오기 마련입니다. 새로운 도전에 대한 열망은 점차 줄어들고, 이미 경험한 과거의 영광을 되돌아보는 시간이 늘어납니다. 호기심과 열정이 사라져가는 삶이 과연 참다운 '삶'이라고 부를 수 있을까요?

TMK에는 후손이나 유산의 개념도 없습니다. 물려주거나 이어갈 대상이 없기에, 더 길어진 생이 갖는 의미 또한 크게 줄어듭니다. 꽃을 피우지 못하고 열매도 맺지 못한 채 점차 활력을 잃어가는 오래된 나무처럼, 단지 생명만 붙어 있는 삶은 TMK의 철학과는 맞지 않습니다.

물론 지금의 인간적 시각으로 본다면, 중년 이후의 인생 역시 충분히 아름다울 수 있으며 장수 자체가 축복일 수 있습니다. 실제로 많은 이들이 황혼기의 지혜와 평온을 인생의 또 하나의 선물이라 말합니다. 그러나 TMK의 세계관에서 왕국민의 가치 기준, 정신적 관점, 사회적 철학은 지금과는 근본적으로 다릅니다.

TMK에서의 1,000년이라는 시간은 '충분함'을 넘어 '차고 넘침'에 가깝습니다. 왕국민들은 천 년에 걸쳐 자신이 할 수 있는 최고의 퍼포먼스를 발휘하며, 청년의 뜨거움과 중년의 성숙함을 모두 만끽합니다. 그 이상은 필요치 않습니다. '더 이상 잃을 것이 없을 만큼' 완전한 삶을 누렸기에, 퇴장은 아쉬움이 아니라 완성에 가깝습니다.

운동선수나 예술가가 커리어의 절정에서 화려한 피날레를 남기고 무대를 떠날 때, 관객들이 보내는 박수는 그 아름다운 완결성을 향한 경의라 할 것입니다. TMK의 왕국민에게도 그 퇴장은 쇠락이나 소멸이 아니라 가장 이상적인 마무리, 가장 자연스러운 '귀환'이 아닐까 합니다.

결국 TMK의 천 년 인생은 인간이 누릴 수 있는 모든 가능성을 최고조로 누린 뒤, 그 절정의 순간에 스스로를 내려놓는 삶의 철학을 담고 있습니다.

"평생을 건강한 육체와 맑은 정신으로, 가장 멋지고 가장 뜨겁게 살다 가는 것."

이것이 바로 TMK 프로젝트가 설계한 왕국민의 1,000년 인생을 가장 압축적으로 표현하고 있다고 하겠습니다.

Q-67 **마지막 질문이 되겠는데요. 그렇다면 1,000년이 되어 왕국민들은 어떤 형태로 TMK를 떠나게 됩니까? 또 모든 왕국민이 TMK를 떠나게 되면 TMK는 어떻게 됩니까?**

사실 TMK 프로젝트에서 가장 크리티컬(Critical)한 이슈 중 하나는 '왕국의 종말을 어떻게 설정할 것인가?'라는 질문입니다. 왕국에 과연 종말이 찾아올지 의문이 들기도 하지만, '천 년'이라는 명확한 기한이 존재하는 이상 그 끝은 분명히 다가올 것입니다.

천 년의 시간이 모두 흐른 뒤, 왕국민들이 모두 TMK를 떠나게 되거나, 혹은 죽음(?)을 맞이하게 되는 순간 TMK가 어떤 모습으로 남게 될지는 철저히 미지의 영역입니다. 이 부분은 TMK 프로젝트의 범위를 벗어나는 내용이기에, 어떻게든 단정적으로 말할 수 없지요. 다만 아주 조심스럽게, TMK의 시즌 2에 해당하는 또 다른 왕국이 새롭게 시작될 가능성을 상상해 볼 뿐입니다.

그렇다면 왕국민들과 Honour는 그 종말의 시점에 어떤 운명을 맞게 될까? 모두가 동시에 죽음을 맞는 것일까? 아니면 TMK가 아닌 또 다른 차원의 세계로 옮겨 가게 될까?

이에 대한 답은 하나입니다. 지금의 인간적 지식으로는 이해하거나 설명할 수 없는, 완전히 다른 차원의 고차원 영적 세계로의 '대이동(?)'이 일어난다는 것입니다. 그 세계는 시공간의 개념조차 지금과는 전혀 다른 차원에 속해 있으며, 현재로서는 그 어떤 추측이나 상상도 허용하지 않는 영역이라 할 수 있습니다.

이러한 설정 속에서 종말의 시간이 다가올수록 왕국민들은 불안이나 두려움보다는, 새로운 차원의 신세계에 대한 '기대감'이 자리 잡게 됩니다. 그들은 TMK에서의 마지막 순간을, '임종'이라는 단어를 떠올리기보다 지극히 평온하고 고요한 마음으로 맞이하게 될 것입니다.

정리해 보면, 1,000년이라는 장구한 세월은 TMK를 사실상 '불멸의 왕국'이라 불러도 손색이 없을 것입니다. 그 불멸의 왕국에서 왕국민들은 각자의 삶 속에서 누릴 수 있는 모든 기쁨과 행복, 풍요와 안식을 마음껏 경험합니다. 말 그대로 '천국'이라 부르기에 충분하지요.

그리고 그 천국에서 천 년의 일생을 온전히 누리고 나서, 더 '높은' 차원의 세계로 옮겨간다면…. 그 이상 무슨 설명이 더 필요할까요? 그것만으로도 왕국민의 삶은 완성되고, 모든 이야기는 조용히 그리고 아름답게 종지부를 맞게 될 것입니다.

EPILOGUE

천년 왕국의 모티브는 어디에서 비롯되었는가, 그리고 그 장대한 프로젝트의 설계는 어떻게 시작되었는가.

『넥스트 라이프(NEXT LIFE)』를 끝까지 읽은 독자라면, 마지막 페이지를 덮으며 자연스레 떠올릴 질문이 아닐까 합니다.

"도대체 이 거대한 천년 왕국의 모티브는 어디에서 온 것일까? 그리고 누가, 어떻게 이 엄청난 세계를 설계했을까?"

그 시작은 2015년 어느 여름밤으로 거슬러 올라갑니다. 그날, 꿈결과 현실의 경계가 희미해지던 순간, 어떤 계시(啓示)가 들려왔지요. "다음 생에는 천 년을 누릴 시간을 줄 테니, 그 설계를 지금부터 시작하라."

그 계시의 주체가 누구였는지, 그것이 무엇이었는지는 분명하지 않습니다. 그러나 잠에서 깨어난 뒤에도 그 메시지는 마치 오랜 성전(聖典)의 금석문처럼 마음 깊은 곳에 새겨져 있었고, 그 울림은 좀처럼 지워지지 않았죠. 그날 이후, 필자는 알 수 없는 강력한 부름 — 일종의 소명(召命) — 에 사로잡히게 되었죠.

'다음 생의 천 년을 스스로 설계하라.'

이 부름은 결코 가볍게 여겨지지 않았습니다. 한편으로 한 인간이 인생의 모든 에너지를 쏟아부어야 하는, 일생의 최후이자 최대의 미션처럼 느껴졌지요.

계시가 남긴 한 문장은 마치 시나리오의 첫 문장처럼 모든 것을 열어젖혔다고 할 수 있습니다.

얼마 지나지 않아 '천년 왕국'이라는 이름이 가장 먼저 떠올랐습니다. 네이밍(Naming)은 곧 방향성을 품게 되지요.

천 년이라는 상상 불가의 시간을 품을 이상적인 왕국은 어떤 얼굴이어야 하는가? 그 안에 어떤 존재들이 살아야 하는가? 왕국의 지도는 어떤 지형을 갖추고, 어떤 기후 속에서 생태계를 이루게 될 것인가? 왕국을 다스리는 중심 존재인 Honour는 누구이며, 어떤 성품과 권위를 지니는가? 경제와 사회는 어떻게 작동하며, 교육과 문화, 스포츠, 예술은 어떤 형태로 번영하는가? 왕국민들은 하루를 어떻게 보내고, 무엇을 배우며, 어떤 꿈을 꾸는가?….

주어진 설계도는 백지였지만, 그 백지는 곧 수백, 수천 개의 점과 선, 구조와 원리로 채워지기 시작했습니다.

그 과정은 실로 표현하기 어려운 전율로 다가왔습니다.

매일 밤 잠자리에 들어 잠들기 전까지의 시간은 온전히 '천년 왕국 프로젝트'에 집중하는 지극히 성스러운 영역으로 느껴졌습니다. 아이템 하나를 구상하고, 다시 뜯어고치고, 수십 번씩 재배치하며, 때로는 이전의 설계를 흔적도 없이 지우고 처음부터 다시 그려 나갔습니다.

그 과정은 실로 '거룩한 창조'에 다름없었죠. 무(無)에서 유(有)를 만드는 기쁨과 두려움이 동시에 존재했다고 하면 어떨까요.

이윽고 '천년 왕국(TMK)'이라는 거대한 설계도는 하나의 세계관을 넘어, 실제로 다가올 미래를 예고하는 듯한 생명력을 얻기 시작했습니다.

필자에게는 이 작업이 단순한 상상이 아니라, 반드시 완성해야 하는 미션, 존재 자체가 요구하는 무거운 책무처럼 느껴졌습니다.

그리하여 『넥스트 라이프(NEXT LIFE)』라는 책이 한 권의 텍스트를 넘어, 하나의 세계로 태어나기까지 모든 열정과 정신이 그 안에 투영되었다고 할 것입니다.

그렇다면 과연 **천 년의 시점은 어디에서 시작되는가?**

그 기점은 명료합니다.

Honour가 현생을 마치고, 천년 왕국에서 스무 살의 모습으로 다시 태어나는 순간이 되겠지요. **TMK**의 모든 제도와 환경, 사회 구조는 Honour가 입성하기 직전 이미 완성되어 있고요. 그리고 Honour가 왕국에 처음으로 행사하는 권한이 바로 '왕국민 선발'이 될 것입니다.

또 하나, **TMK의 왕국민은 누구인가?**

이 질문은 『넥스트 라이프(NEXT LIFE)』 전체를 관통하는 핵심이며, '판도라의 상자'를 여는 키(key)가 아닐까 합니다.

총 30,090명의 왕국민은 현실 세계에서 '○○○○인'으로서 성실한 삶을 살아온 이들 중 선발됩니다. 그들은 ○○○○의 가르침을 믿고 실천하며, 이웃 사랑을 삶의 기준으로 삼았던 사람들이라 할 것입니다. 살아가는 동안 주변에 선한 영향력을 얼마나 넓고 깊게 미쳤는가도 중요한 기준이 되고요.

선발의 과정은 단순한 평가가 아니라, 존재의 본질을 들여다보는 깊은 심사로 이루어질 것입니다.

TMK가 허무맹랑한가?

지금까지의 **TMK**에 관한 모든 이야기는 황당무계하고 비현실적인 판타지처럼 들릴지 모릅니다.

현세의 과학, 생물학, 사회학적 기준으로는 전혀 설명할 수 없기 때문이지요. 그러나 TMK 프로젝트는 인간의 능력으로 실현되는 세계가 아닙니다. 세상과 우주를 다스리는 절대자의 권능과 권세로 실현되는 세계, 인간의 상식과 지식을 훨씬 넘어서는 초월적 원리로 구동되는 새로운 생명의 질서이기 때문입니다.

어느 독자는 아마 이런 생각을 떠올릴지도 모릅니다.

"혹시 『넥스트 라이프(NEXT LIFE)』는 예언서(?)가 아닐까?"

겉으로 보기엔 소설의 외피를 두르고 있으나, 그 본질은 허구의 판타지를 넘지요.

천년 왕국은 단순한 공상이 아니라, 도래할 미래의 가능성, 그 가능성을 '보여 주는 기록'에 가깝다 할 것입니다.

결국 선택은 단 하나, 믿을 것인가, 믿지 않을 것인가.

TMK는 그저 상상이 아니라, '다가올 세계의 청사진(靑寫眞)'이자 다음 생의 문을 여는 하나의 '제안'이기 때문입니다.

NEXT LIFE

넥스트 라이프

초판 1쇄 발행 2026년 4월 1일

지은이	벽송
펴낸이	이기봉
편집	좋은땅 편집팀
펴낸곳	도서출판 좋은땅
주소	서울특별시 마포구 양화로12길 26 지월드빌딩 (서교동 395-7)
전화	02)374-8616~7
팩스	02)374-8614
이메일	gworldbook@naver.com
홈페이지	www.g-world.co.kr

ISBN   979-11-388-5600-3 (03810)